Dominique Bussonnais

Contes de la Roche-aux-Fées

et autres korrigans tapageurs

beluga

À mes premiers lecteurs, les korrigans François et Armand.
Et à notre bonne fée, Cathy.
D.B.

Illustration de couverture : Brucero.
Illustrations en papier noir découpé :
Dominique Bussonnais.

ISBN 978-2-37133-084-9

ZA Kerangwenn
29540 Spézet / Speied

« Loi n° 49-956 du 16 juillet 1949
sur les publications destinées à la jeunesse. »

www.beluga-jeunesse.com
www.coop-breizh.fr

Dominique Bussonnais

Contes de la Roche-aux-Fées

et autres korrigans tapageurs

Première partie :
Les contes de Plume la fée

Seconde partie :
Fées et korrigans tapageurs

beluga®

Première partie

LES CONTES DE PLUME LA FÉE

LA ROCHE-AUX-FÉES

UN MATIN, Pierre est sur le chemin de l'école avec son gros cartable sur le dos. Soudain, en travers de la route, il voit une petite fille qu'il ne connaît pas :

— Qui es-tu ? lui demande-t-il.
— Je suis Plume la fée. Tu joues avec moi ?
— Mais… ça n'existe pas les fées !
— Comment ? Ça n'existe pas ?

— Si tu es une fée, alors envole-toi.

— Mes ailes sont trop petites. Je dois encore grandir pour pouvoir voler.

— Si tu es une fée, demande à l'arbre mort de reverdir.

— Je n'ai pas encore appris ce charme à l'école des fées.

— Si tu es une fée, alors transforme ce crapaud en prince charmant à l'aide de ta baguette magique.

— Je ne suis qu'une enfant, Pierre, je n'ai pas encore de baguette magique.

— Tu vois bien que tu n'es pas une fée, tu n'es qu'une menteuse.

Plume tourne les talons et s'enfuit à travers la forêt. Elle rejoint bien vite sa maman, puis se réfugie dans ses grandes robes pour lui raconter sa mésaventure. Les autres fées sont indignées par ce bonhomme pas plus haut que trois pommes qui ne croit pas en leur existence. Elles rient pourtant en imaginant quels mauvais tours elles pourraient bien lui jouer : « Deux belles oreilles d'ânes puniraient son ignorance. Une langue de vipère punirait sa médisance. Un nez de cochon punirait son insolence. » La plus vieille fée s'approche du groupe en disant :

— Ne soyons pas mesquines mes bonnes fées. Bien des gens ne croient plus en notre existence. Pour leur prouver le contraire, bâtissons en une seule nuit un monument de pierres si lourd que mille hommes ne suffiraient à le soulever et cinq mille ans à le détruire.

— Oh oui ! s'exclament les fées.

Pierre est rentré chez lui après sa longue journée d'école. Il n'a rien raconté de cette étrange rencontre. Ni à ses amis, ni à ses parents. Le moment est venu de se coucher. Son papa lui lit des histoires de fantômes qui ne lui font même pas peur. Puis il lui souhaite bonne nuit avant d'éteindre la lumière. Pierre est étendu sur son lit. Pourtant, il ne trouve pas le sommeil : « Une fée… Pourquoi pas un dragon cracheur de feu ou un ogre mangeur d'enfants ? » se dit-il.

Soudain, par la lucarne de sa chambre, il aperçoit de drôles d'étoiles filantes dans le ciel. Il n'en a jamais vu autant. Il se lève, descend l'escalier sans faire de bruit et quitte sa maison pour suivre ces petites lucioles qui semblent se poser dans une clairière toute proche.

Il grimpe dans un vieux chêne pour observer ce qui s'y passe. Une myriade de fées étincelantes transportent des rochers dans leur tablier et les déposent les uns à côté des autres. Le manège dure longtemps, longtemps, jusqu'au moment où un vieux hibou grincheux hulule à qui veut l'entendre qu'un jeune garçon espionne les fées. Apeuré, Pierre prend ses jambes à son cou et s'enfuit aussitôt.

Le lendemain matin, le garçon se réveille, encore secoué par son étrange rêve. Il prend le chemin de l'école. À l'endroit où la veille il avait rencontré Plume, un monument de pierres se dresse fièrement. Soudain, Plume surgit de derrière un immense rocher.

— Tu joues avec moi, Pierre ?

Les yeux écarquillés, le garçon regarde le monument. Il n'a pas rêvé.

— Qu'est-ce que c'est ?

— C'est la Roche-aux-Fées. Elle a poussé cette nuit, comme par enchantement !

— À quoi ça va servir ?

— Les enfants y joueront. Les grands prendront le temps de s'y aimer et les vieux de s'y reposer. Et après, bien après la vie, les fées y veilleront les bonnes gens. Comme cela, on n'oubliera jamais que les fées existent bel et bien. Allez, viens jouer à cache-cache avec moi !

— Jouer avec une fée, pas question, tu gagnerais tout le temps !

— Quelle tête de cochon tu fais, Pierre !

LA QUÊTE DE PLUME

C'EST L'HEURE DE LA SIESTE pour Plume, la petite fée. Malheureusement, elle ne retrouve plus son doudou. Un joli nounours en peluche et en satin. Elle regarde autour d'elle. Rien. Il est vrai que sa chambre n'est pas très bien rangée et qu'il n'est pas très compliqué d'y égarer son doudou. Les larmes lui montent aux yeux. Comment dormir sans lui ? Impossible ! Elle doit absolument le retrouver.

Elle quitte la Roche-aux-Fées.

Un geai se pose alors sur la branche d'un chêne voisin.

— As-tu vu mon doudou ? demande Plume à l'oiseau.

— Non, je ne l'ai pas vu. Mais, où étais-tu avant ta sieste, Plume ?

— Je ramassais des noisettes avec l'écureuil.

— Eh bien ! demande-lui s'il n'a pas vu ton doudou, lui conseille le geai.

Le cœur léger, Plume s'en va retrouver son ami l'écureuil. Lui, il saura où est son doudou. Sur le chemin, elle chante :

« *Mon doudou, mon doudou, où es-tu mon doudou, j'ai tant besoin de toi pour un sommeil tout doux. Mon doudou, mon doudou, où es-tu mon doudou, écureuil, dis-moi où est caché mon doudou.* »

L'écureuil bondit sur la barrière du pré et lui répond :

— Mais Plume, je ne l'ai pas vu ton doudou. Où étais-tu avant de cueillir des noisettes avec moi ?

— Heu ! je jouais à saute-mouton avec le mouton.

— Eh bien ! demande-lui s'il n'a pas vu ton doudou, lui conseille l'écureuil.

Le cœur un peu moins léger, Plume s'en va retrouver son ami le mouton. Lui, il saura où est son doudou. Sur le chemin, elle chantonne :

« Mon doudou, mon doudou, où es-tu mon doudou, j'ai tant besoin de toi pour un sommeil tout doux. Mon doudou, mon doudou, où es-tu mon doudou, eh ! mouton, dis-moi où est caché mon doudou. »

Le mouton passe la tête par la porte de la bergerie et lui dit :

— Mais Plume, je ne l'ai pas vu ton doudou. Où étais-tu avant de jouer à saute-mouton avec moi ?

— Heu ! je jouais à cache-cache avec le loup.

— Eh bien ! demande-lui s'il n'a pas vu ton doudou, lui conseille le mouton.

Le cœur encore un peu moins léger, Plume s'en va retrouver son ami le loup. Lui, il saura peut-être où est son doudou. Sur le chemin, elle murmure :

« Mon doudou, mon doudou, où es-tu mon doudou, j'ai tant besoin de toi pour un sommeil tout doux. Mon doudou, mon doudou, où es-tu mon doudou, eh ! le loup, dis-moi où est caché mon doudou. »

Le loup sort de sa tanière et lui répond :

— Mais Plume, je ne l'ai pas vu ton doudou. Où étais-tu avant de jouer à cache-cache avec moi ?

— Heu ! je me promenais sur le dos du cheval.

— Eh bien ! demande-lui s'il n'a pas vu ton doudou, lui conseille le loup.

Le cœur lourd comme une enclume, Plume s'en va retrouver son ami le cheval. Peut-être saura-t-il où est son doudou. Sur le chemin, elle murmure à peine :

« Mon doudou, mon doudou, où es-tu mon doudou, j'ai tant besoin de toi pour un sommeil tout doux. Mon doudou, mon doudou, où es-tu mon doudou, eh ! cheval, dis-moi où est caché mon doudou. »

Le cheval arrive aussitôt au trot et lui répond :

— Mais Plume, je ne l'ai pas vu ton doudou. Où étais-tu avant de te promener sur mon dos ?

— Je ne sais plus. Je ne retrouverai jamais mon doudou !

Plume est désespérée. Elle éclate en sanglots. Le cheval ne parvient pas à la consoler. Alors, il lui propose :

— Monte sur mon dos, nous allons le retrouver, ton doudou.

Plume s'endort bien vite sur le dos du cheval. Lorsqu'ils arrivent à la Roche-aux-Fées, le cheval soulève la couette de Plume pour la déposer dans son lit. Le doudou est caché là, bien au chaud sous la couette. Le cheval se retire sur la pointe des sabots pour ne pas faire de bruit. Plume ne le sait pas encore mais, grâce à ses amis, elle a retrouvé son doudou.

« *Mon doudou, mon doudou, où es-tu mon doudou, j'ai tant besoin de toi pour un sommeil tout doux. Mon doudou, mon doudou, où es-tu mon doudou, mais dites-moi où est caché mon doudou…* »

PLUME ET L'OGRE AFFAMÉ

PLUME, LA PETITE FÉE, n'a jamais vu la nuit claire des pleines lunes. Sa maman, la fée Sagesse, l'oblige à se coucher tôt, car, ces nuits-là, il n'est pas bon de sortir.

Tout le monde sait que l'ogre de la forêt en profite pour capturer ses futures proies. Particulièrement les enfants. Il est bien connu que ce qui est rare a bien meilleur goût. Et les enfants ne sont pas nombreux à courir les bois par les nuits de pleine lune…

Un soir pourtant, Plume désobéit. Elle attend que tout le monde dorme avant de quitter la Roche-aux-Fées sur la pointe des pieds.

Dehors, elle ouvre de grands yeux. La lune est ronde et orange, pareille au pistil de la marguerite. C'est beau ! En plus, on y voit presque comme en plein jour. Plume se promène sans crainte à l'orée de la forêt en oubliant les conseils de prudence de sa maman. Elle sursaute lorsqu'elle aperçoit les yeux brillants du renard. Un frisson lui parcourt le dos. Mais ce n'est que le renard et il ne mange pas les fées, même petites. Alors, elle continue son chemin, bien loin de chez elle. Trop loin sans doute.

Et ce qui doit arriver arrive. Elle entend des bruits sourds qui émergent du cœur de la forêt. Lointains d'abord. Puis de plus en plus proches. Comme d'énormes troncs d'arbres que des bûcherons abattraient en pleine nuit. Puis plus rien. Elle regarde la forêt. Épaisse, sombre, secrète. Il serait plus sage de s'en retourner vers la Roche-aux-Fées. Mais il est trop tard. Les bruits se rapprochent à la vitesse du vent. Une masse gigantesque s'abat bientôt sur elle. Elle n'a pas le temps de dire ouf que deux doigts monstrueux la saisissent par les ailes. Elle se cache les yeux avec ses mains. Elle n'ose pas regarder. Pourtant, elle a deviné : son pire cauchemar s'est réalisé.

L'ogre l'a capturée !

Ils cheminent longtemps à travers la forêt avant d'arriver aux pieds d'un château dont le donjon est encore plus haut que les plus grands arbres. Le pont-levis s'abaisse pour les laisser entrer. L'ogre regarde Plume avec un drôle de sourire :

— Tu es bien maigrelette, l'enfant. Je vais bien te nourrir.

Plume n'est pas sotte. Elle sait que si l'ogre la gave de bonne nourriture, c'est pour ensuite la manger. Mais que faire ? La voilà prisonnière de l'ogre dans une petite cage posée sur la table de la cuisine.

Les jours passent. Plume est malheureuse. Elle imagine le désespoir de sa maman. La tristesse de toutes les fées. Les recherches entreprises pour la retrouver.

Un soir, l'ogre s'approche de la cage. Il a encore son drôle de sourire :

— Voilà un mois que tu es mon invitée. J'espère que tu as apprécié mon hospitalité et surtout ma cuisine. Mais vois-tu fillette, toutes les bonnes choses ont une fin, et puis, moi, j'ai très faim. Ah, ah, ah !…

Il quitte la pièce, mais son rire énorme résonne longtemps après dans la cuisine du château.

Cette nuit-là, Plume ne trouve pas le sommeil. Soudain, elle entend de petits bruits autour de sa cage. Une souris est là, qui la regarde. Elle lui dit :

— Je suis affamée. L'ogre te nourrit bien et il ne me reste rien pour moi. Aurais-tu quelque chose à me donner ?

— Tiens, voilà de quoi te rassasier, lui dit Plume en lui tendant une assiette pleine de victuailles appétissantes.

— Merci, demoiselle. Tu sais que l'ogre te mangera demain. Ne veux-tu donc pas t'échapper ?

— Bien sûr, mais comment ?

— Puisque tu m'as nourrie, j'ai assez de force pour voler la clé de ta cage. Elle n'est pas très loin. L'ogre la range toujours au même endroit, sur le buffet juste à côté de son rond de serviette.

La souris disparaît bien vite. Lorsqu'elle réapparaît, elle tient la clé entre ses pattes. Elle la donne à Plume qui ne met pas longtemps avant d'ouvrir la porte de sa prison. Puis elle lui dit :

— Va-t'en vite à présent, car lorsque l'ogre s'apercevra de ta disparition, il se mettra aussitôt à ta poursuite.

— Merci souris, je n’oublierai jamais ce que tu as fait pour moi, répond Plume.

La souris la retient un instant.

— Avant de partir, accepte ces quelques petits présents.

La souris lui remet trois objets en lui disant :

— Prends cette petite branche, ce minuscule caillou et ce flacon empli d’eau. Garde-les avec toi. Ils pourront te servir, car ils sont magiques si tu sais trouver les mots justes.

Plume remercie la souris et s’enfuit à toutes jambes à travers la forêt. Le jour n’est pas encore levé. Elle doit faire vite si elle ne veut pas être rattrapée par l’ogre.

Lorsque le soleil se lève enfin, Plume est à peine sortie de la forêt. L’ogre se réveille. La fillette a disparu. Il est fou de rage. Il ne l'a pas engraissée pendant un mois pour la voir s'échapper le jour où il s'apprêtait à la dévorer. Sans plus réfléchir, il part à sa poursuite. Il court si vite qu'il aperçoit bientôt Plume. La petite fée se retourne. Que peut-elle faire pour échapper à l'ogre ?

Elle se souvient des cadeaux de la souris. Elle sort le flacon de sa poche, puis elle le vide en criant :

— Eau, transforme-toi en lac !

Aussitôt, un lac immense apparaît derrière elle. L'ogre est maintenant loin sur la rive opposée. Mais sa bouche est grande… Il se penche au-dessus du lac et boit toute l'eau ! Il reprend sa course à grandes enjambées. Il est maintenant très proche de Plume.

Elle prend alors la petite branche au fond de sa poche et la jette derrière elle en disant :

— Petite branche, transforme-toi en forêt !

Une forêt majestueuse apparaît aussitôt. L'ogre est à nouveau loin de Plume, de l'autre côté de la forêt. Mais, ses jambes sont aussi longues que ses bottes sont lourdes. Alors, il saute sur les arbres et les écrase tous un à un. La forêt est bientôt anéantie et l'ogre s'apprête à rattraper son délicieux repas qui s'enfuit…

Ne reste à Plume que le minuscule caillou. Elle le prend au creux de sa main et le jette juste au moment où elle sent le souffle de l'ogre sur son cou. Elle dit :

— Minuscule caillou, transforme-toi en montagne géante !

Là où quelques instants plus tôt il n'y avait rien, une montagne gigantesque avait poussé en un clin d'œil.

Et savez-vous où se trouve l'ogre à présent ? De l'autre côté de la montagne ? Non ? Il est écrasé dessous. Et j'ai bien l'impression qu'il va y rester un bon bout de temps.

Plume est juchée tout en haut, sans trop comprendre ce qui vient de lui arriver.

Soudain, deux bras l'encerclent et l'entraînent dans le ciel. C'est sa maman ! Elle a retrouvé sa Plume, légère comme une plume. Les deux fées pleurent de bonheur. Voilà qui explique peut-être la rosée du petit matin.

Lorsque Plume retrouve la Roche-aux-Fées, elle promet de ne plus jamais désobéir.

Ou alors seulement pour ne pas faire ses devoirs.

Ou pour lire tard le soir dans son lit.

Ou pour faire des grimaces aux visiteurs de la Roche-aux-Fées.

Et tant d'autres choses…

PETITE FÉE DEVIENDRA GRANDE

Le vœu le plus cher de Plume est de devenir, quand elle sera grande, une très bonne fée. Une fée merveilleuse aux mille et un pouvoirs magiques. Celui de transformer un crapaud en prince charmant, comme celui de transformer un prince pas charmant en crapaud.

Elle vient tout juste de terminer son apprentissage de vol en plein air. C'est dire s'il lui reste encore beaucoup de travail avant de devenir cette fée rêvée.

Voilà pourquoi, certaines nuits, sa maman la réveille lorsque sonnent les douze coups de minuit :

— Plume, sors de ton lit, il est temps de partir !

Plume grogne un peu. Elle est si bien dans son lit de plumes de geai. Mais sa maman insiste :

— C'est ce soir ou jamais ! Veux-tu oui ou non devenir une vraie fée ?

— Oui, maman, j'arrive, répond Plume du fond de son lit douillet.

Lorsqu'elle a rejoint sa maman sur le seuil de la Roche-aux-Fées, elle reçoit ses instructions :

— Cette nuit, exercices de transformation. Tu transformes tous les animaux que tu rencontres.

L'éléphant en souris. Le lion en gazelle. Le perroquet en carpe.

— Mais maman, je ne rencontrerai ni éléphant, ni lion, ni perroquet, répond Plume.

— Eh bien ! débrouille-toi avec ce que tu trouveras sur ta route !

Plume prend la baguette magique que lui tend sa maman, tourne les talons et s'enfonce dans la nuit claire. Elle n'est pas longtemps avant de croiser un lapin de garenne qui saute dans tous les sens.

— Hep ! lapin ! viens par ici. C'est pour une petite expérience sans conséquence, dit Plume.

Le lapin approche. La petite fée le regarde droit dans les yeux, puis prononce une formule magique compliquée :

— Patatati, patatata, lapin pressé, transforme-toi en escargot tout lent !

Elle abat sa baguette sur le pauvre animal qui reçoit une sorte de décharge électrique. Ce qui provoque un nuage de fumée. Plume tousse en dispersant la fumée comme elle peut.

Lorsque enfin tout est redevenu comme avant, elle a face à elle une drôle de bestiole : un lapin-scargot ! Un lapin de garenne avec une grosse coquille d'escargot sur le dos. Bref, une transformation ratée. L'animal ne comprend pas trop ce qui lui arrive, mais Plume le rassure en lui disant d'aller se coucher. Les effets de l'expérience auront disparu dès le lever du soleil.

Plume reprend sa route. Tant pis pour cette fois. Ça marchera mieux le prochain coup. D'ailleurs dans un pré, elle aperçoit déjà une vache qui rumine une déception amoureuse.

— Approche-toi, lui demande Plume, c'est pour une expérience sans conséquence.

La vache arrive tranquillement. La petite fée la regarde droit dans les yeux, puis prononce une formule magique compliquée :

— Patatati, patatata, vache paisible, transforme-toi en dragon sanguinaire !

Elle abat sa baguette sur le pauvre animal qui reçoit à son tour une décharge électrique dans tout le corps avant de disparaître dans un nuage de fumée. Plume tousse de plus belle en dispersant la fumée comme elle peut.

Lorsque enfin tout est redevenu comme avant, elle a face à elle une drôle de bestiole : une vache-dragon ! Une vache avec des flammes qui lui sortent des naseaux, une queue de lézard de dix mètres de long accrochée à ses fesses et deux petites ailes ridicules à ses flancs. L'animal ne comprend pas trop ce qui lui arrive, mais Plume le rassure en lui disant d'aller se coucher. Les effets de l'expérience auront disparu dès le lever du soleil.

Plume reprend sa route.

Bon, tout ça n'est pas encore tout à fait au point. Tentons encore une fois. Comme elle n'est pas très loin de la ferme, elle rend visite au cochon.

— Je ne te dérange pas trop, lui dit-elle. C'est pour une petite expérience sans conséquence.

En guise de réponse, le cochon grogne. La petite fée le regarde droit dans les yeux, puis prononce la même formule magique compliquée :

— Patatati, patatata, cochon tout rond, transforme-toi en girafe toute longue !

Elle abat sa baguette sur le pauvre animal qui reçoit lui aussi une décharge électrique dans tout le corps avant de disparaître dans un nuage de fumée. Plume tousse encore et encore en dispersant la fumée comme elle peut.

Lorsque enfin tout est redevenu comme avant, elle a face à elle une drôle de bestiole : un cochon-girafe ! Un cochon bien rond avec un long cou pareil à celui d'une girafe. L'animal ne comprend pas trop ce qui lui arrive, mais Plume le rassure en lui disant d'aller se coucher. Les effets de l'expérience auront disparu dès le lever du soleil.

« Zut de zut, se dit Plume. Inutile d'insister. Je n'ai pas dû bien apprendre ma formule magique. Tant pis, je rentre. »

Lorsqu'elle arrive devant la Roche-aux-Fées, elle décide de la changer en Roche-aux-Fées, comme cela, elle est certaine que ça fonctionne.

— Patatati, patatata, Roche-aux-Fées, transforme-toi en Roche-aux-Fées !

Évidemment, la Roche-aux-Fées reste de pierre. Mais un korrigan, en quête d'un mauvais tour, a tout vu. Il se moque de Plume.

— Ah, ah, ah ! En voilà une drôle de fée, une fée de rien du tout. Si tu veux, je te montre comment faire !

Et le korrigan prononce une drôle de formule magique alambiquée :

— Patati, patata, patatati, patatata, petite fée est tombée sur la tête !

Et vlan ! Plume se retrouve tout à l'envers sans parvenir à se remettre sur ses pieds. Le korrigan explose de rire avant de prononcer une nouvelle formule :

— Patata, patati, patatata, patatati, petite fée retrouve le plancher des vaches !

Plume est à nouveau debout face au korrigan farceur, qui rigole de plus belle. La petite fée vexée s'en va sans dire un mot.

Le korrigan est heureux de sa farce, alors il fait des bonds partout. Il s'élance même de la plus haute pierre de la Roche-aux-Fées. Malheureusement, il se fait très mal en retombant. Il hurle de douleur :

— Aïe, aïe, aïe ! ouille, ouille, ouille !...

Du fond de la Roche-aux-Fées, on entend alors : « Pin-pon, pin-pon, pin-pon ! »

Plume réapparaît avec sa trousse de secours. Elle se penche au-dessus du korrigan en disant :

— De la crème sur le genou pour apaiser la douleur d'un korrigan maladroit et le tour est joué. Pas besoin de formule magique pour ça !

Le korrigan grogne encore un peu mais à mesure que la douleur disparaît, il se radoucit et lui déclare :

— Bravo, tu es une vraie fée, Plume ! Je n'ai presque plus mal. Tu sais que tu deviendras une grande fée !

— Ah oui ! et pourquoi ? lui demande Plume.

— C'est tout simple, lui répond-il, car ton cœur est bon. Tu m'as secouru alors même que je t'avais joué un mauvais tour. Tu m'as transformé en korrigan aimable. Et ça, ce n'est certainement pas la chose la plus facile.

Plume rougit un peu mais le korrigan ne la voit pas, car il est déjà reparti ailleurs.

A-t-on déjà vu un korrigan devenir l'ami d'une fée ?

LE PAIN MAGIQUE

PLUME, LA PETITE FÉE, habite à la Roche-aux-Fées. Chaque matin, elle prend son petit-déjeuner comme toutes les fées. Un grand bol de chocolat chaud avec des tartines couvertes de beurre ou de confiture de framboises. Selon son humeur.

Mais ce matin, elle est triste car elle ouvre sa dernière bouteille de lait. Voilà quelques jours, le marchand de lait lui a annoncé que sa tournée ne passerait bientôt plus par la Roche-aux-Fées. Pas assez rentable, a-t-il dit. Comment va-t-elle faire désormais ? Remplacer le lait par l'eau du ruisseau de Ricordel ? Manger la poudre de chocolat à la petite cuillère ? Se priver de petit-déjeuner ? Impossible !

Ce matin, elle quitte sa maison, le moral dans les chaussettes. Elle broie du noir. Alors, pour se changer les idées, elle part se promener dans la campagne environnante. Elle entend un drôle de bruit, comme un grognement bizarre. Intriguée, elle s'approche. Une vache meugle tandis qu'une fermière, assise sur un tabouret, lui tire sur les pis.

— Vous lui faites drôlement mal, dit Plume.

— Penses-tu, répond la fermière, je suis en train de la traire.

— La traire, ça veut dire quoi ?

— Le lait, il faut bien qu'il vienne de quelque part. Il vient des pis de la vache, tiens !

Plume la regarde étonnée avec une lueur de malice dans les yeux. Une vache, voilà ce qu'il lui faut. Si elle possède une vache, son problème sera résolu. Elle demande à la fermière :

— Comment fait-on pour avoir une vache ?

— Tu vas sur le marché aux bestiaux et tu en achètes une. Rien de plus simple, si tu as des sous, lui répond la fermière.

Les fées, c'est bien connu, n'ont aucun problème d'argent. Il leur suffit de décrire un as de pique avec les pouces et les index de leurs mains et de prononcer la bonne formule magique pour que la somme demandée apparaisse aussitôt.

Alors le lendemain matin, Plume part pour le marché aux bestiaux. Le soir même, on la voit traverser la contrée, une grosse vache rousse à ses côtés. Elle l'installe aussitôt dans un pré où l'herbe est bien grasse. La vache s'accommode vite de sa nouvelle vie. Elle broute du lever jusqu'au coucher du soleil sans se poser plus de questions. Elle donne un lait gouleyant à souhait dont Plume se régale chaque matin.

Mais un jour, alors qu'elle cherche une meilleure pâture, la vache s'égare dans le champ du fermier voisin. Sans y prêter attention, elle piétine le blé du brave homme avec ses gros sabots. Plus de blé dans le champ, plus de farine pour le moulin et plus de pain pour nourrir sa famille ! Le fermier est désespéré et très en colère contre la vache de Plume.

À la nuit tombée, la fée décide de rendre visite au fermier. Elle frappe à sa porte mais l'homme, méfiant, refuse de lui ouvrir. À chaque jour suffit son malheur. Elle lui crie qu'elle vient simplement réparer la bêtise de sa vache.

Finalement, l'homme entrouvre la porte et, dans un souffle, Plume tend ses bras vers lui et dit à peu près ces mots :

— Je t'offre ce gros pain. Un pain magique qui remplacera ta récolte perdue. Grâce à lui, tu pourras nourrir toute ta famille et cela pour toujours, car il ne durcira pas et ne diminuera pas. Mais ne dis à personne que je t'ai donné ce pain magique, car le charme disparaîtrait aussitôt.

Le fermier promet de garder ce secret aussi longtemps qu'il vivra.

Les saisons passent et le pain reste appétissant. L'automne, puis l'hiver. Le printemps et bientôt l'été. Et en effet, le pain ne durcit pas et ne diminue pas, comme la fée l'a annoncé. Ainsi le fermier nourrit sa famille entière du lundi au dimanche, chaque semaine de l'année. Et pendant tout ce temps, il garde le secret du pain magique.

Pourtant, un soir, le fermier invite ses voisins chez lui. Les convives passent une bonne soirée, lorsque le dessert arrive, chacun confie ses petits secrets.

Un voisin raconte qu'il a pêché dans la rivière un poisson si gros qu'il a nourri sa famille pendant une semaine entière.

Une voisine révèle qu'elle a dans son poulailler une poule incroyable qui pond, non pas un, non pas deux, mais trois œufs par jour.

Un autre dit qu'il a planté un pommier dans son jardin, qui donne des fruits toute l'année. Ce qui n'est sans doute pas vrai, mais il faut bien raconter quelque chose de merveilleux pour faire comme tout le monde.

Alors pour ne pas être en reste, le fermier révèle le pouvoir incroyable de son pain. Un pain qu'une fée lui a offert voilà un an et avec lequel il nourrit sa famille depuis.

À peine a-t-il révélé son secret que le pain devient dur comme de la pierre. L'enchantement a disparu aussi vite qu'il est apparu. Et le pain devenu pierre reste là, par terre, au milieu de la maison du paysan. Personne ne parvient à le soulever tellement il est devenu lourd.

L'homme n'a plus son pain magique. Il n'a plus qu'une solution pour nourrir sa famille : cultiver son champ, y faire germer du blé, le récolter et l'apporter au moulin afin d'avoir suffisamment de farine pour donner du pain à toute sa famille.

Notre brave paysan est finalement bien content de retrouver le chemin de son champ pour y regarder pousser son blé. Plume, grâce à ses pouvoirs magiques, mais surtout grâce à une clôture résistante, est parvenue à garder sa vache dans son pré.

Alors, si vous allez à la Roche-aux-Fées, passez voir le paysan, il paraît que son pain est le meilleur de toute la région.

LE PETIT HOMME

Ce jour-là, le soleil est radieux. Plume, la petite fée, joue à la corde à sauter devant la Roche-aux-Fées.

Du haut de sa branche, le rossignol gringotte au rythme des petits bonds de Plume. Tout est calme. On entendrait une mouche voler.

D'ailleurs, on en entend bientôt une qui arrive affolée vers la Roche-aux-Fées.

— Plume, Plume, cache-toi !

— Pourquoi donc ? lui demande la fée.

— Un drôle de bonhomme approche. Il ne serait pas bon qu'il rencontre une petite fée. On ne sait jamais…, répond la mouche.

Mais il est trop tard. Le bonhomme est déjà là. Un petit homme fort bien vêtu avec des boutons dorés sur sa veste et des bottes bien cirées aux pieds. Lorsqu'il voit Plume sur son chemin, il sourit bizarrement avant de lui demander :

— Comment t'appelles-tu fillette ?

— Plume, je m'appelle Plume. Et vous ?

— Qu'importe, dit-il. Mais toi, tu es bien petite pour être seule loin de ta maison. Tes parents t'auraient-ils abandonnée ?

Dire que ce gros balourd n'a pas vu que Plume est une fée. Alors, plutôt que de lui dire la vérité, elle lui répond des sornettes : qu'elle garde la vache de ses parents, tandis qu'ils sont occupés aux travaux des champs. Ça tombe bien, il y en a justement une qui rumine tranquillement dans un pré environnant.

Alors, le bonhomme lui dit avec un drôle de sourire en coin :

— Tes parents te laissent donc des journées entières à travailler. Voilà bien des parents indignes qui abandonnent leur fille à son triste sort. Viens donc avec moi. Je suis riche et j'habite à la ville.

— Pourquoi donc vous suivrais-je monsieur ? demande Plume.

— Si tu viens avec moi, tu n'auras plus besoin de garder ta vache. Tu habiteras une belle maison dans laquelle tu auras une chambre à toi et des jouets avec lesquels tu joueras des journées entières. Tu seras richement vêtue et tu iras à l'école.

Vous pensez bien que Plume n'a aucune envie de le suivre. Ce méchant bonhomme ne mérite qu'une chose, une bonne leçon. Alors, elle lui dit :

— D'accord, je veux bien vous suivre, mais à une condition.

— Et laquelle ? demande le bonhomme, un peu méfiant quand même.

— Avant de partir, vous allez attacher ma vache à ce piquet pour qu'elle ne se sauve pas.

Mes parents peuvent bien perdre leur fille, mais pas leur vache.

— Si cela peut te faire plaisir, répond-il.

D'abord, le bonhomme traverse le pré, marchant dix fois dans la bouse de vache et salissant du même coup ses bottes bien cirées. Pendant ce temps, « youpi patatras, pouet pouet tralala », Plume jette un sort à la vache. Quand le bonhomme tente de l'attraper, cette dernière joue du jarret et d'un magnifique coup de patte l'envoie dans le ciel. Si haut qu'on ne le voit bientôt plus.

On raconte que, depuis ce jour, l'homme tourne en orbite autour de la Terre. Alors parfois, par les nuits de pleine lune, on le voit passer au-dessus de la Roche-aux-Fées en pleurant toutes les larmes de son corps. Ce qui fait bien rire toutes les fées et tous les gens de la contrée.

N'empêche que s'il pleut de temps en temps au-dessus de la Roche-aux-Fées, c'est quand même à cause des larmes de ce vilain bonhomme.

LE JARDIN DE FRANÇOIS

L'HEURE DE LA RETRAITE A SONNÉ. François marche désormais au ralenti. Il bricole de-ci de-là. Il tient parfaitement son rôle de grand-père gâteau auprès de ses petits enfants. Le mardi après-midi, il joue aux cartes avec ses vieux copains du village. C'est là qu'ils causent de leurs petits soucis de santé et du monde qui ne tourne plus aussi rond qu'avant. Une fois par semaine, le vendredi, il sort la voiture du garage pour emmener Mariette, sa femme, faire les courses en ville.

Et puis il passe le reste de son temps au jardin. Un joli jardin tiré au cordeau. Les allées y sont bien droites, les carrés de légumes y sont bien tracés et les plants bien alignés, à égale distance les uns des autres. Pas un brin d'herbe ne dépasse. Et s'il en est un qui pointe le bout de son nez, il est arraché fissa avant de rejoindre le tas de mauvaises herbes. Tout ce qui est semé pousse et atteint sa maturité. Les légumes y sont plus gros et les fruits plus succulents qu'ailleurs.

Un matin pourtant, François pénètre dans son jardin le sécateur à la main. Il inspecte d'abord les carrés de légumes, tout est en ordre. Des perles de rosée s'attardent encore sur les élégantes salades.

Les poireaux sont au garde à vous, impeccables dans leur costume d'apparat. Aucun radis ne sort du rang, aucune betterave non plus. Les carottes conservent la distance réglementaire les unes par rapport aux autres. Les grappes de haricots verts restent bien camouflées sous leur feuillage. En un mot, tout est en ordre.

C'est alors qu'il arrive au fond du jardin, là où se trouve le carré de fleurs qu'il cultive pour Mariette. Des pensées jaunes, toutes de la même hauteur. Sauf que ce matin, au beau milieu du carré, une fleur dépasse. Une fleur qu'il ne connaît pas. Toute rouge. Il n'en a jamais vu de tel. Ce qui est sûr, c'est qu'elle n'y a pas sa place. Il saisit son sécateur et coupe la fleur. À ce moment-là, il entend une petite voix lui dire :

— François, pourquoi tu as coupé la fleur rouge ? C'était tellement beau, cette fleur rouge au milieu des jaunes…

Il se tourne pour voir qui lui parle par-dessus son épaule. Plume, la petite fée, qui disparaît aussi vite qu'elle était apparue.

Cette histoire le chagrine tout de même un peu. Serait-il en train de perdre la boule ? La vieillesse aurait-elle raison de sa bonne santé légendaire ? Les fées n'ont pas le droit de venir jusque chez lui. À la Roche-aux-Fées passe encore. Mais pas dans son jardin !

Le lendemain, comme chaque matin, François arrive dans son jardin, le sécateur au fond de la poche de son tablier. Il passe en revue les carrés de légumes, tout est en ordre. Rien à dire. Il arrache deux ou trois brins d'herbe aux radicelles ridicules. Puis, comme la veille, il s'approche du carré de fleurs. Un drôle de parfum vient titiller ses narines. Un parfum qu'il ne connaît pas. Ni la rose, ni le lys, ni le lilas. Autre chose. Il s'approche encore un peu. Il voit des fleurs bizarres qui ne ressemblent pas à ses pensées jaunes.

Il saute dans le carré et arrache les fleurs rebelles en moins de temps qu'il ne faut pour le dire. À ce moment-là, il entend la petite voix lui dire :

— Eh bien François, pourquoi arracher ces fleurs qui sentaient si bon ? C'était tellement agréable !

Il se retourne. Encore la fée derrière son dos. Il râle contre elle, mais Plume a déjà disparu.

Un troisième matin, après une nuit agitée peuplée de cauchemars fleuris, François arrive dans son jardin avec son sécateur et sa brouette. Il ne prend même pas le temps d'inspecter les carrés de légumes. Il se précipite aussitôt vers les fleurs. Puis méfiant, il se penche au-dessus de leur carré. Les yeux lui sortent de la tête. Des pensées jaunes, normal, des fleurs rouges, passe encore, et puis des vertes, des violettes, des bleues, des dorées, des argentées, des transparentes, de toutes les tailles, de toutes les formes. Son sang ne fait qu'un tour, il bondit et piétine le tout avec ses bottes, sans distinction. C'est alors qu'il entend la voix derrière son dos, qui lui dit :

— Voilà que tu deviens complètement maboul, mon pauvre François. Comme si c'était toi qui décidais à la place de Dame Nature de ce qui pousse ou non sur cette terre !

François se retourne trop vite et se cogne contre son râteau. Assommé, il tombe en plein milieu d'un carré de betteraves. Sa femme ne le voyant pas arriver à midi part le chercher et le ramasse dans sa brouette pour le ramener à la maison.

Depuis ce jour, ce n'est plus pareil chez François. Son jardin potager ne ressemble plus à ce qu'il était d'antan, avec ses allées bien droites et ses carrés bien plantés. Le brave homme s'est même lancé dans l'étude de la botanique. Il faut dire que la vieillesse le retient plus qu'à son tour auprès des livres qui décrivent les mille et une merveilles végétales de notre planète.

Alors, il fait venir des graines de tous les coins du monde, d'Afrique et même d'Océanie. Vous verriez le jardin de François, un vrai paradis. On n'en a jamais vu de pareil ailleurs.

Voilà pourquoi, des dizaines, que dis-je, des centaines de gens visitent le jardin de François. Sous son chapeau de paille, assis dans son fauteuil en osier, il rayonne comme le Roi-Soleil au milieu de ces gens de toutes les couleurs et de toutes les formes, qui viennent voir ses plantations.

On raconte même qu'à la Roche-aux-Fées, on reçoit moins de visites. Qui est pris qui croyait prendre. Les fées songent, paraît-il, à aménager des jardins suspendus autour du dolmen. Cela s'est déjà fait voilà bien longtemps du côté de Babylone. Il ne s'agirait pas de les oublier, les bonnes fées.

François ne les oublie pas. D'ailleurs, presque chaque dimanche, lorsqu'il se promène avec Mariette du côté de la Roche-aux-Fées, ils comptent les pierres du dolmen chacun leur tour. Et s'ils trouvent le même nombre, c'est qu'ils sont toujours amoureux. Si ce n'était plus le cas, les fées le leur feraient savoir en changeant la quantité de pierres. Mais pour l'instant, tout va bien de ce côté-là. Quelques pierres à compter et la vie suit son cours. C'est comme ça par chez nous et ce n'est pas beaucoup plus compliqué.

Seconde partie

FÉES ET KORRIGANS TAPAGEURS

LE ROSSIGNOL DE LA FÉE DES CHARMES

Elle s'appelle la fée des Charmes. Elle vit heureuse à la Roche-aux-Fées, un bien bel endroit niché au cœur d'un vallon verdoyant.

Chaque matin, à peine est-elle éveillée qu'elle s'assoit au pied d'un grand chêne séculaire pour attendre le rossignol. Et chaque matin, l'oiseau arrive. Il se perche sur la plus haute branche d'un châtaignier. Avec son bec, il lisse ses longues plumes quelques instants avant de siffler les mélodies les plus délicieuses qui soient. Et cela suffit au bonheur de la fée. Un peu de musique harmonieuse à ses oreilles délicates. Cela semble durer depuis toujours et la fée n'imagine même pas que cela puisse s'arrêter un jour.

Pourtant, un beau matin, un jeune berger menant son troupeau aux abords de la Roche-aux-Fées s'apprête à troubler la magie des lieux.

L'herbe y est abondante et grasse. Le lait des brebis n'en sera que plus riche pour les agneaux affamés. L'homme pose son havresac contre une pierre du dolmen avant de s'y adosser pour somnoler. Mais le voilà bientôt réveillé par le chant d'un oiseau. Il ouvre un œil puis l'autre. Que voit-il ? Le rossignol sur sa branche de châtaignier qui siffle comme il n'a jamais entendu siffler. Un vrai régal pour les oreilles, un ravissement pour la journée qui s'annonce.

Il referme les yeux pour ne rien perdre des trilles et des contre-chants du bel emplumé. Mais dans sa petite tête-de-moineau, c'est une autre chanson qui tourne et qui tourne encore :

« Ce passereau est un merveilleux chanteur. Si je le capture, j'en tirerai un bon prix au marché du village. Moi qui ai tant besoin d'argent pour mon futur mariage… »

Mais, comment attirer l'oiseau à lui ? Cette question devient une véritable obsession. Il y songe jusqu'à l'heure tardive du retour. Il y songe sur la route de la bergerie. Il y songe toute la nuit dans son lit. Ce n'est qu'au petit matin qu'il trouve la solution. Ne dit-on pas que la nuit porte conseil ?

Ce matin-là, le berger retourne seul à la Roche-aux-Fées. Il saute sur une grosse pierre, porte sa flûte à ses lèvres et en tire une très jolie mélodie. Le rossignol s'approche de l'homme, attiré par cette musique qu'il ne connaît pas. Le berger est loin d'égaler le talent du passereau, mais bon, reconnaissons qu'il ne manque ni de souffle ni d'enthousiasme. Tant est si bien que lorsque le rossignol est suffisamment proche, le berger l'attrape et l'enferme dans une petite cage. Il s'en retourne ensuite au village pour le vendre. Autant dire qu'il n'a aucun mal à échanger l'oiseau contre monnaie sonnante et trébuchante.

L'argent du rossignol ne lui suffisant pas, il revient dès le lendemain à la Roche-aux-Fées pour en capturer un autre.

Mais la fée des Charmes est là pour l'accueillir :

— Que viens-tu faire par ici avec ta flûte et sans tes moutons ?

— Rien madame… me promener.

— Tu as capturé mon rossignol sans raison. Je vais te faire pénétrer dans la pierre sur laquelle tu t'apprêtais à jouer, et tu y resteras pour toujours. Vivant mais prisonnier.

Le berger est pétrifié de peur par la déclaration de la fée. Cette dernière lève son bras au-dessus de la pierre en prononçant des phrases incompréhensibles pour le commun. La pierre se fend alors en deux dans un craquement assourdissant et le malheureux berger y disparaît à jamais.

Ce qui ne résout pas pour autant le problème de la fée. Car aucun rossignol ne revient chanter pour elle chaque matin. Elle en est malheureuse. À tel point que sept jours et sept nuits plus tard, elle décide de libérer le berger et de lui proposer un marché. Elle lève à nouveau son bras au-dessus de la pierre en prononçant sa formule magique. Un craquement sourd se fait entendre. La pierre s'ouvre et le berger apparaît aussi vite qu'il avait disparu.

— Berger, joue-moi de ta flûte et attire mon rossignol chanteur comme lorsque tu l'as attiré pour le capturer. Si tu y parviens, tu pourras rentrer chez toi. Sinon, tu retourneras à jamais dans ta pierre.

Le berger saisit aussitôt sa flûte et se met à jouer sans s'arrêter jusqu'au moment où le rossignol se pose sur la branche d'un châtaignier proche. Maintenant qu'elle a retrouvé son chanteur matinal, la fée des Charmes accepte de laisser partir le jeune homme.

On raconte que, depuis ce jour, plus personne ne met de rossignol ou toute autre espèce d'oiseaux en cage. Il suffit de les voir tous aux moments des grandes migrations prendre du bon temps aux alentours de la Roche-aux-Fées. Un vrai orchestre philharmonique de chants d'oiseaux à l'unisson. Rien que pour la fée des Charmes. Ils savent ce qu'ils lui doivent !

LES TRÉSORS DE LA ROCHE-AUX-FÉES

JEAN N'EST PAS TRÈS RICHE. Il travaille dur pour gagner sa croûte. Il court de ferme en ferme offrir ses services à qui en a besoin.

Un jour, il ramasse les pommes de terre dans le champ d'un fermier. Un autre jour, il rentre les foins pour nourrir les bêtes pendant l'hiver. Un autre jour encore, il coupe du bois avec sa hache. Le travail est difficile. Pourtant, il n'en changerait pour rien au monde. Il connaît tout le monde et tout le monde le connaît. On dit de lui qu'il est courageux, droit et qu'il a le cœur sur la main. Un homme sur lequel on peut compter et qui sait rendre service. Voilà pourquoi, il ne manque jamais de travail.

Un soir, il rentre chez lui après une longue journée de labeur. Il a hâte de retrouver la chaleur de son foyer. Il ramène un énorme pain rond, aussi doré à l'extérieur que blanc à l'intérieur. Un beau pain qu'il aura plaisir à manger avec sa femme et ses enfants qui l'attendent pour le souper. La nuit hésite encore à recouvrir la campagne de son grand manteau noir. Au détour d'un chemin, non loin de la Roche-aux-Fées, Jean distingue une silhouette courbée dans la pénombre. Il s'approche. Une vieille femme, toute fripée par le temps et les misères de la vie, le regarde et l'interpelle :

— Jean, ton pain semble appétissant. Je ne suis qu'une pauvre vieille sans le sou. Et ce soir, j'ai très faim. Veux-tu bien me donner la moitié de ton pain ?

Sans plus réfléchir, Jean partage son pain en deux parts égales et en donne une moitié à la vieille dame qui le remercie aussitôt :

— Merci beaucoup Jean. Reviens ici demain à la même heure et je te ferai un cadeau… Un très beau cadeau.

La vieille femme disparaît dans l'obscurité. Si vite que, si son pain n'était pas à moitié entamé, Jean aurait du mal à croire à cette drôle d'apparition.

Le lendemain, Jean rentre à nouveau chez lui après une journée passée dans une ferme proche.

La nuit tombe déjà lorsqu'il arrive sur le lieu du rendez-vous. À la place de la petite vieille, une jolie jeune femme l'accueille :

— Comment vas-tu depuis hier soir, Jean ?

Jean ne répond rien, stupéfait par le charme indéfinissable de la jeune femme.

— Hier, j'étais une vieille femme et tu m'as donné la moitié de ton pain. Ce soir, je suis une fée, la fée des Charmes, et je suis venue te donner le cadeau promis.

— Pourquoi ce sortilège ? demande alors Jean.

— Simplement pour savoir s'il reste encore des hommes au bon cœur. Tu m'as prouvé que tu étais de ceux-là. Voilà pourquoi, je désire te récompenser de ta bonté, lui répond la fée.

L'homme reste muet. Alors, la fée des Charmes ajoute :

— Tu n'es pas sans savoir que les fées cachent un trésor fabuleux sous la Roche-aux-Fées. Eh bien, ce soir, tu vas y avoir accès. Tu vas même pouvoir prendre tout ce que tu souhaiteras. Mais attention, seulement jusqu'à minuit. Si au douzième coup de minuit, tu n'as pas quitté la Roche-aux-Fées, tu y resteras enfermé pendant cent années. Et pendant ces cent années, tu n'en sortiras qu'une fois par an, la veille de Noël, pour hanter les chambres des enfants qui n'ont pas été sages.

Jean promet d'être sorti avant minuit. Alors, la fée brandit bien haut sa baguette magique en prononçant une formule incompréhensible. Les pierres du dolmen se soulèvent doucement au-dessus du sol jusqu'à laisser suffisamment de place à Jean pour entrer.

Jean s'y engouffre et y découvre le trésor le plus incroyable qui soit. Des rivières de diamants, des coffres emplis de pièces d'or, des bijoux fabuleux par milliers, des soieries aux couleurs chatoyantes… Comme si toutes les richesses du monde se trouvaient réunies au même endroit. Jean n'a jamais rien vu d'aussi beau. Il pose au creux de sa main des pépites en or plus grosses que des œufs de poule. Il les regarde, les tourne dans tous les sens, les caresse, sans encore les glisser dans sa poche. « Mais la chance ne passe qu'une fois, autant la saisir tout de suite », se dit-il.

Alors soudain, la frénésie s'empare de lui. Il emplit ses poches. Lorsqu'elles sont pleines, il emplit son chapeau, puis ses souliers. Il noue ensuite les manches de sa veste et les emplit aussi.

Plutôt que de quitter la Roche-aux-Fées avec son trésor, il continue d'accumuler les richesses.

Le temps passe vite et les premiers coups de minuit sonnent bientôt au clocher de l'église du village. Jean ne s'arrête pas pour autant. Il doit pourtant sortir au plus vite. Et lorsque sonne le neuvième coup, il se décide enfin. Mais les pierres ont déjà commencé à s'abaisser. Et avec ses trésors, il est trop lourd pour se hisser vers la sortie. S'il ne veut pas rester prisonnier, il n'a pas d'autre choix que de s'en délester. Il laisse alors tout retomber. Les colliers de pierres précieuses comme les lingots d'or.

Au douzième coup de minuit, il est dehors. Les lourdes pierres de la Roche-aux-Fées ont repris leur place. Il ne reste plus rien du trésor englouti.

Jean s'en veut terriblement. Comment a-t-il pu être aussi bête ! À trop vouloir, il n'a plus rien ! Il rentre chez lui penaud en se gardant bien de raconter sa mésaventure à quiconque.

Le lendemain soir, entre chien et loup, on frappe à la porte de la maison de Jean. C'est la fée des Charmes. Jean ouvre. La fée lui dit alors :

— Tu as été trop gourmand Jean. Tu as bien failli rester prisonnier de la Roche-aux-Fées. Et te voilà aujourd'hui comme hier. Sans richesse. Tu as laissé passer ta chance. Elle ne se présentera plus à toi avant longtemps. Mais tu as le cœur bon. Quand tant d'hommes ne m'ont rien donné lorsque je le leur demandais, tu as été celui qui m'a offert la moitié d'un pain, sans rechigner, simplement parce que j'en avais besoin. Je suis venue pour te faire un cadeau. Voici une marmite. Pose-la dans ta cheminée et tu n'auras plus jamais faim.

Jean prend la marmite. La fée disparaît dans la nuit sans attendre un remerciement. « Quel étrange cadeau ! » se dit-il.

Pourtant, il fait comme la fée lui a demandé. Il pose la marmite vide dans l'âtre de sa cheminée. Et comme par magie, une bonne odeur de soupe envahit la maison. Jean se penche au-dessus de la marmite. Elle est pleine d'une soupe aux mille et un parfums. Le voilà, le cadeau de la fée. Une marmite qu'il suffit de mettre sur le feu pour qu'elle offre les nourritures les plus succulentes qui soient.

Depuis ce jour, Jean n'a rien changé à sa vie. Il court toujours de ferme en ferme. Mais le soir, lorsqu'il rentre chez lui, il sait qu'un bon repas l'attend. Grâce à la fée des Charmes. Et un peu grâce à sa générosité tout de même.

ARMAND ET LA FÉE VOLEUSE D'ENFANTS

Les fées sont merveilleuses. Autant que délicieuses. Leur beauté n'a d'égal que leur gentillesse. Et leur gentillesse se traduit bien souvent par des bienfaits accordés aux plus humbles parmi les plus humbles. Leurs innombrables pouvoirs magiques leur confèrent donc une sympathie à nul autre pareil parmi la population.

Pourtant, certaines fées sont loin d'être sympathiques. Il suffit que la rancœur s'empare d'elles pour qu'elles se transforment en effroyables mégères. Ne dit-on pas que les fées de la Roche-aux-Fées peuvent se révéler de redoutables voleuses d'enfants ? Écoutez plutôt l'histoire qui suit.

Voilà peu, la fée Morgane était très amoureuse d'Armand, un jeune homme de la Roche-aux-Fées. Un beau garçon grand et fort. Et malin par-dessus le marché. L'homme ne le savait pas et quand bien même il l'aurait su, il aurait repoussé cet amour contre nature. Toujours est-il qu'au même moment, il demanda en mariage une femme du village qu'il épousa sans tarder.

Neuf lunes plus tard, non loin de la Roche-aux-Fées, Morgane entend le cri d'un nouveau-né. Elle est folle de rage à l'idée qu'Armand puisse en être le père. Non seulement il s'est marié avec une autre femme, mais en plus un joli bébé est né de cette union. Son cœur est brisé à jamais. Alors, son sang ne fait qu'un tour. Elle se vengera. Elle volera l'enfant et elle en fera un petit sorcier.

Le lendemain après-midi, alors que tout est calme dans la campagne environnante, la fée s'approche prudemment de la petite ferme. Par chance, Armand et sa jeune épouse sont tous deux occupés aux travaux des champs. Morgane entre alors sans faire de bruit dans la grande pièce où dort le chérubin. Elle se penche au-dessus du berceau. Et malgré sa colère, elle ne peut retenir son émotion.

— Quel beau bébé! s'exclame-t-elle.

Elle le dit si fort que le bébé se réveille et hurle à gorge déployée. Cette tête, au-dessus de son berceau, il ne la connaît pas ! Voilà une fée bien étourdie pour réveiller de la sorte l'enfant.

La fée prend peur et s'enfuit aussitôt, laissant le bébé à sa peine. Les parents, alertés par les cris du petit garçon, rentrent bien vite à la ferme. Assez vite pour apercevoir la fée qui s'envole dans le ciel.

Armand connaît les histoires d'enfants volés par les fées. On raconte qu'après avoir pris les jolis bébés roses et joufflus, les fées les remplacent par leurs propres enfants tout maigres, bons pour la casse, les changelins. Voilà pourquoi, le couple décide de surveiller l'enfant de plus près. Il n'est pas question de le laisser aux mains d'une fée. Encore moins d'hériter d'un enfant souffreteux, fut-il issu d'une lignée féerique.

Alors, le lendemain après-midi, plutôt que d'aller au champ, Armand se cache derrière la grande horloge qui fait tic, qui fait tac, le jour comme la nuit, pour attendre le retour de la fée. Il ne s'est pas trompé car, au même moment, Morgane s'approche de la ferme, heureuse à l'idée de bientôt se venger du pauvre paysan et heureuse de posséder le plus beau bébé qui soit.

Elle entre dans la petite maison, loin d'imaginer qu'on l'attend de pied ferme. Dès qu'il entend le frottement léger des ailes dans sa maison, Armand surgit comme un diable de sa cachette et vide une marmite d'eau bouillante sur la figure de la méchante fée. Aveuglée, elle hurle de douleur, des noms d'oiseaux plein la bouche contre son agresseur. Lorsqu'elle reprend enfin ses esprits, elle demande qui est l'auteur de cette agression. L'homme répond aussitôt :

— C'est moi-même, c'est moi-même.

Morgane prend ses ailes à son cou et s'en retourne chez elle comme elle peut. Elle crie tant et tant que les gens d'alentour lèvent les yeux au ciel et aperçoivent un étrange oiseau voler dans tous les sens en lançant des cris de douleur.

Lorsqu'elle arrive dans sa clairière, les autres fées, surprises de la voir dans cet état, lui demandent :

— Mais que t'est-il arrivé, et patati et patata, et qui a bien pu te faire ça, et patati, et patata ?

Ce à quoi elle répond en pleurnichant :

— C'est moi-même, c'est moi-même !

Les autres fées se disent qu'elle est bien maladroite pour parvenir à s'ébouillanter le visage toute seule. Et c'est ainsi que, grâce à sa ruse, Armand a gardé son enfant et échappé aux représailles des fées.

Depuis ce jour, Morgane a trouvé du réconfort auprès d'un sorcier maléfique. Ils coulent tous deux des jours paisibles du côté de la Roche-aux-Fées. Et leurs enfants, s'ils ne sont pas très beaux, feront sans nul doute de très respectables sorciers et sorcières. Ce qui est sûr, c'est qu'avec leur papa et leur maman, ils sont à bonne école…

LES POMMES D'AMOUR

Ce matin, Pierre se lève tôt. Il saute dans son pantalon du dimanche et enfile une chemise propre. Puis, debout sur le seuil de la maison, il avale un grand bol de chocolat chaud. Sa maman lui tend un panier empli d'œufs. De bons gros œufs frais du poulailler. Il doit les vendre au marché et, avec l'argent gagné, rapporter du beurre, du café et du savon.

Le chemin est long jusqu'au village. Voilà pourquoi, il se hâte. Il n'a pas encore dépassé la Roche-aux-Fées qu'il aperçoit un cheval magnifique à la robe blanche immaculée. Le cheval s'approche de lui pour lui parler.

— Pierre, je suis certain que tu cours moins vite que moi.

Pierre n'a jamais conversé avec un cheval, mais puisque celui-ci s'adresse à lui, pourquoi ne pas lui répondre.

— Cheval, tu ne sais sans doute pas que je suis le plus rapide de l'école. Tu cours peut-être vite, mais moi aussi.

— Comme tu es bien sûr de toi mon garçon. Faisons la course pour savoir lequel de nous deux est le plus rapide.

Pierre hésite un peu. Sa maman compte sur lui. Mais, ce cheval le regarde avec un tel dédain qu'il se décide vite. Il pose son panier à terre et dit:

— Allons jusqu'à la Roche-aux-Fées et revenons à notre point de départ. On saura ainsi qui de nous deux est le plus rapide!

Pierre et le cheval blanc s'élancent en même temps sur le chemin. Le cheval galope très vite. Pierre court à perdre haleine, mais il ne peut rien contre la rapidité de l'animal. Pourtant, il résiste comme il peut. Un instant même, il pense rattraper le cheval. Rien n'y fait. Il a trouvé un rival trop fort pour lui.

À peine sont-ils revenus à leur point de départ que le cheval disparaît. Pierre est essoufflé. Il comprend alors qu'on lui a joué un tour. Mille fois, sa maman l'a mis en garde contre Morgane, une mauvaise fée qui réside ici. C'est elle qui, transformée en cheval, a défié son orgueil de champion. Il en a été pour ses frais.

Maintenant, il n'a qu'une envie : se reposer avant de repartir. Il pose son panier par terre et s'adosse à un pommier en disant :

— Que j'ai soif, que j'ai soif !

Derrière lui, il entend une grosse voix répéter :

— Que j'ai soif, que j'ai soif !

Pierre se retourne, mais il ne voit personne.

— Qui a parlé, c'est toi le pommier ?

— Oui, c'est moi, répond l'arbre. J'ai soif et il n'a pas plu depuis des jours et des jours. Et moi, je ne peux me déplacer pour me désaltérer.

— Si tu veux, je te rapporte de l'eau !

Pierre s'en va au puits voisin. Il y plonge le seau pour le remonter empli d'eau. Il revient vite au pommier pour l'arroser.

Un renard s'enfuit à son approche. Le garçon comprend ce qui s'est passé lorsqu'il voit son panier renversé et vide. Le renard lui a mangé tous ses œufs ! Pierre est en colère contre l'animal et contre lui-même. Est-il à ce point idiot pour laisser son panier sans surveillance ! Maintenant, il n'a plus rien à vendre au marché. Sa maman sera furieuse de le voir revenir bredouille, sans beurre, ni café ni savon.

C'est alors que le pommier lui dit en se moquant :

— Arrose-moi avant que ton seau ne se renverse, Pierre.

Pierre arrose l'arbre. Au moins, il aura rendu service à quelqu'un aujourd'hui. L'arbre, pour remercier le jeune garçon, laisse tomber de très belles pommes rouges de ses branches surchargées.

— Ramasse ces pommes, Pierre, elles sont pour toi, et approche, j'ai un secret à te révéler.

Pierre range soigneusement les fruits dans son panier, puis il colle son oreille à l'écorce rugueuse du pommier.

— Pierre, écoute bien ce que je vais te dire, car cela réglera tous tes problèmes.

Pierre écoute attentivement. Le sourire lui revient. Bientôt il reprend sa route, non sans saluer l'arbre et le remercier pour son aide.

Un peu plus tard, le garçon arrive au village. Il reste juste une petite place pour lui sous la grande halle. Il y pose son panier, déplie une jolie nappe à carreaux rouge et blanc devant lui et y dispose les pommes. Mais pas n'importe quelles pommes. Des pommes d'amour ! Les fruits sont si rouges et si luisants que les gens, intrigués, s'approchent de l'étalage. Et Pierre donne de la voix en vantant les bienfaits de ses pommes d'amour.

— Qui veut mes pommes d'amour ? Des pommes qui donnent l'amour à celui qui y goûte !

Bientôt, on s'arrache la marchandise du garçon. En deux temps, trois mouvements toutes les pommes ont changé de main. Désormais, Pierre a les poches remplies de monnaies. À son tour de parcourir le marché pour trouver ce dont il a besoin.

Après le marché, il ne tarde pas à rentrer chez lui. Sa maman l'attend devant la maison. Il est heureux et fier de lui rapporter le beurre, le café et le savon. Mais, il est aussi très fier du cadeau qu'il a caché tout au fond de son panier. Une pomme d'amour pour sa maman et rien que pour elle!

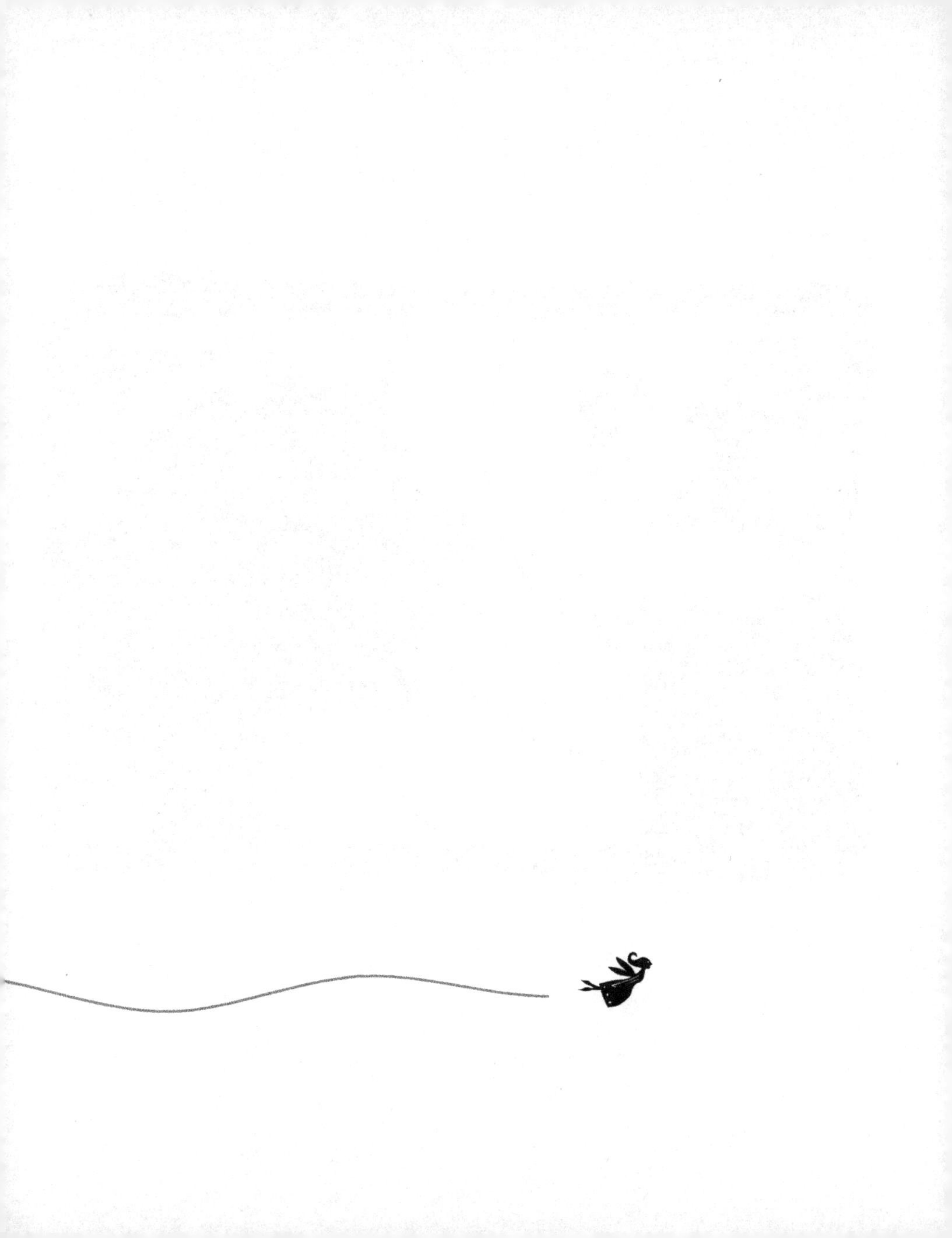

LA BIBLIOTHÈQUE SENS DESSUS DESSOUS

Un jour, le vieux papa de Marie lui demande de passer de toute urgence à la bibliothèque de la Roche-aux-Fées.

Depuis longtemps, cette bibliothèque est son royaume, il y a eu une vie heureuse. Il connaît tous les livres qui s'y trouvent et la place qu'ils occupent dans les nombreux rayonnages. Mais désormais, il est vieux et fatigué.

Alors, lorsque Marie arrive, il lui confie aussitôt ses difficultés à bien s'en occuper. Il désire maintenant se retirer dans sa petite maison et s'adonner à la lecture. Et rien qu'à la lecture.

Mais avant cela, son souhait le plus cher est que sa fille prenne la boutique en main. Marie est heureuse à l'idée d'être la nouvelle reine de ce domaine qu'elle connaît si bien. Pourtant, une ombre passe dans le regard du vieil homme. Il lui déclare qu'il ne doit pas lui cacher la vérité. Cette bibliothèque a été la grande passion de sa vie. Plusieurs générations de lecteurs s'y sont croisées et s'y croisent encore aujourd'hui. Il en est fier. Plus que ça même. Car, si sa bourse n'est pas pleine de pièces d'or, son cœur, lui, est empli des bonheurs et des émotions que la découverte des livres a éveillés chez ses lecteurs. Mais, cet endroit renferme un mystère lourd de conséquences. Et il serait stupide de le lui cacher. Alors, il raconte son histoire jusqu'à l'issue fatale :

— Marie, je crois que cette bibliothèque est hantée !

Marie ne croit pas aux sortilèges et elle aime trop son papa pour s'en moquer. Elle le rassure en lui disant qu'elle prendra grand soin de la bibliothèque et qu'elle saura tenir tête à une bande d'ectoplasmes et autres fantômes, fervents amateurs de littérature.

Pourtant, le lendemain, lorsqu'elle ouvre la porte de la boutique, elle constate qu'il y règne un désordre sans nom. Des dizaines de livres sont éparpillés aux quatre coins de la bibliothèque. Ne lui reste plus qu'une chose à faire, les remettre tous à leur place. Alors, à l'heure de la fermeture, plutôt que de rentrer chez elle, elle décide de s'enfermer à double tour dans la bibliothèque. C'est la seule manière de connaître la vérité sur cette sombre affaire. Elle se cache dans un petit coin et attend. Les heures s'égrènent au clocher voisin, désespérément monotones, quand passé les douze coups de minuit, un léger bruit la tire brusquement de sa douce somnolence.

Marie découvre alors un petit bonhomme juché sur le comptoir du lieu. Un korrigan cornu et barbu, tout de vert vêtu, pas plus haut qu'une coudée. Le nain se penche, prend un livre, l'ouvre et le regarde attentivement. Puis il râle et grogne en même temps. Et d'un geste violent, il le jette à l'autre bout de la pièce. Marie est stupéfaite. Le korrigan prend un nouveau bouquin. Il l'ouvre, le feuillette quelques instants, le scrute comme s'il devait y découvrir les secrets d'un trésor caché, puis rageur, il le jette aussi loin qu'il le peut. Il en saisit alors un troisième et le manège recommence. Et ainsi de suite jusqu'au petit matin, à l'heure où l'on entend le coq chanter. Le korrigan quitte alors le comptoir et disparaît dans un petit trou de souris.

Marie n'en revient pas. Mais que voulez-vous qu'elle fasse, sinon ranger le désordre causé par le korrigan et aider les lecteurs à trouver leur bonheur dans tout ce bazar.

Comme l'après-midi touche à sa fin, une idée lui vient :

— Et si… ?

Elle ouvre un des tiroirs où elle a fourré tout le bric-à-brac de son papa. Puis elle en sort une paire de lunettes oubliée par un lecteur distrait en disant :

— Et si c'était cela ? Si c'était simplement cela ?

Le soir venu, elle pose les lunettes bien en évidence sur le haut de la pile de livres du comptoir avant de retrouver sa cachette. Les heures passent et il faut attendre que les douze coups de minuit sonnent au clocher du village pour que le korrigan jaillisse à nouveau de son trou et grimpe sur le comptoir. Il s'apprête à saisir un livre. Mais sa main est arrêtée par un étrange objet. La paire de lunettes. Il la pose machinalement sur le bout de son nez, puis il ouvre le livre. Et là, c'est le miracle ! Il parvient à lire le titre sur la couverture, puis toutes les phrases des pages suivantes, puis tous les mots de chaque phrase. La moindre virgule, le moindre point. Tout ! Un large sourire s'affiche sur son visage grimaçant. Grâce aux lunettes, il vient de recouvrer la vue !

À force d'avoir le nez plongé dans les livres, il s'était usé les yeux, ce qui le mettait dans une colère folle. Aujourd'hui, il retrouve le bonheur de lire. Sous le regard amusé de Marie qui a découvert son secret, il danse en chantant une chanson idiote que seuls les korrigans connaissent :

« *Tu la mettras tous les jours, ta culotte, ta culotte, tu la mettras tous les jours ta culotte de velours. On dit que les carottes, ça donne bonne vue, des lapins à lunettes, on n'en a jamais vus…* »

Ensuite, il s'assoit dans un magnifique fauteuil-livre pour y bouquiner jusqu'au lever du soleil.

Depuis ce jour, la bibliothèque est toujours parfaitement rangée. Et lorsque vous y entrerez, vous entendrez peut-être Marie fredonner la chanson du korrigan :

« Tu la mettras tous les jours, ta culotte, ta culotte, tu la mettras tous les jours ta culotte de velours… »

LE BOSSU ET LES KORRIGANS

Mais qui sont les korrigans qui vivent au pays de la Roche-aux-Fées ? Des nains cornus hauts d'une à deux coudées ? Oui, mais cela n'est pas suffisant pour les décrire.

Ils sont en tous points semblables aux petits êtres surnaturels qui peuplent habituellement nos campagnes. Ils sont facétieux et leur passe-temps favori consiste à jouer des tours aux braves gens qu'ils rencontrent. Et gare à ceux qui tombent dans leur piège… Par contre ils savent aussi être bons dès lors qu'on leur rend service.

Un soir, un homme qu'on appelait « le bossu », en raison de la vilaine bosse qu'il avait sur le dos, passait non loin de la Roche-aux-Fées.

Il était tout à ses pensées, car il s'apprêtait à demander en mariage une jolie jeune femme du village voisin. Et comme à chaque fois qu'il effectuait cette démarche, il ne doutait pas de la réponse qu'on lui apporterait. Ce serait : « Non ! » Un non de plus à ajouter à sa collection de refus.

Il voit d'abord une ronde autour de la Roche-aux-Fées. Il ne sait comment l'expliquer, mais cette ronde a quelque chose de bizarre. Curieux de nature, il s'approche. Il comprend soudain.

Les danseurs ont la taille d'enfants de quelques mois à peine. Des korrigans ! Oui, c'est bien cela. Des korrigans pas plus grands qu'une baguette de pain.

Il s'approche encore un peu et écoute leur chanson qu'ils braillent à gorges déployées :

« *Lundi, mardi, mercredi, lundi, mardi, mercredi, lundi, mardi, mercredi…* »

Le bossu, intrigué par la chansonnette, s'approche des korrigans. Il écoute encore un peu en attendant la suite. Mais la suite ne vient pas. Les trois mots du refrain se répètent sans fin. Il interrompt les nains en leur disant :

— Dites donc les amis, votre chanson, elle n'est pas terminée !

— Comment ça, elle n'est pas terminée ?!

— Ben non. Lundi, mardi, mercredi, ce n'est pas une chanson. Si vous le désirez, je vous la termine, votre chanson !

— Attention à ce que tu dis, bossu. Si ce que tu nous promets n'est pas à la hauteur de nos espérances, nous saurons te punir sévèrement de ton audace ! lui rétorquent les korrigans.

— Taratata, dit l'homme. Écoutez plutôt cela.

Et le bossu de chantonner sa chanson.

« Lundi, mardi, mercredi, jeudi, vendredi, samedi. Et le dimanche, la s'maine est finie, et le dimanche la s'maine est finie… »

Les korrigans se regardent stupéfaits, la bouche en cul-de-poule, avant de crier :

— Hourra ! Notre chanson est désormais une vraie chanson !

Puis ils reprennent leur ronde de plus belle en hurlant les nouvelles paroles. Voyant qu'on ne s'occupe plus de lui, le bossu rebrousse chemin et reprend sa route. Soudain, il entend derrière lui une voix autoritaire qui lui dit :

— Reviens donc, bossu. Ne pars pas si vite.

Le bossu n'est pas né de la dernière pluie. Il n'est pas sans savoir que les korrigans peuvent être de terribles farceurs. Alors sans se retourner, il répond qu'il ne veut pas déranger plus longtemps, que la soirée est déjà bien avancée et qu'il lui reste plusieurs lieues à parcourir avant le village voisin. La voix se fait encore plus impérieuse :

— Approche bossu. N'aie crainte, nous ne te voulons pas de mal.

L'homme revient finalement vers les korrigans. « Pourquoi vouloir échapper à son destin ? » pense-t-il. Un korrigan lui dit alors :

— Bossu. Ta chanson, elle est belle ta chanson. Et puis, c'est surtout une vraie chanson. Nous tenons absolument à te remercier !

— Oh ! ce n'est rien vous savez…

— Mais non, ce n'est pas rien. Désormais, cette chanson est notre chanson. C'est important cela. Bossu, dis-nous ce que tu désires le plus au monde et nous te l'offrirons.

Le bossu n'est pas long à se décider.

— Oh ! vous savez, ce que je désire le plus, c'est de ne plus avoir cette vilaine bosse sur mon dos.

Les korrigans saisissent le bossu. Ils le jettent au fond de la Roche-aux-Fées. On entend un curieux brouhaha, des lamentations lugubres, des ricanements horribles, des cris atroces. Puis plus rien. Une éternité.

Bientôt, le bossu réapparaît. Debout. Droit comme un I. Il n'a plus sa bosse. C'est un homme neuf. Il reprend bien vite sa route, car ce soir il est certain d'une chose, c'est qu'on ne peut rien lui refuser. Le voilà promis à un bien bel avenir. Un mariage mémorable avec la jeune femme qui l'attend. Une fête qui ne durera pas moins d'une semaine où tous les convives chanteront à tue-tête : *« Lundi, mardi, mercredi, jeudi, vendredi, samedi. Et le dimanche, la s'maine est finie, et le dimanche la s'maine est finie… »*

Mais souvent, les intrépides ont moins de chance. Certains se laissent entraîner dans la ronde des korrigans. Ils s'y trouvent piégés et dansent toute la nuit jusqu'à l'épuisement le plus complet. Parfois jusqu'à la mort…

Le proverbe ne dit-il pas : « Par tous les temps, méfiez-vous du korrigan » ?

LE POMMIER GRINCHEUX

NON LOIN DE LA ROCHE-AUX-FÉES, un pommier vit seul dans un verger. Un bien bel endroit pour se promener.

Un matin, entre chien et loup, un korrigan, épuisé par la danse endiablée à laquelle il s'est adonné toute la nuit, vient se reposer. Il se laisse tomber au pied du pommier et il s'endort rapidement. Mais il ronfle et il ronfle. Comme seuls savent ronfler les korrigans. Si fort que le pommier grogne, dérangé par ces ronflements. Il laisse alors tomber une pomme sur la tête du trublion qui se réveille aussitôt. Le korrigan se lève et s'en va bien vite en jurant de ne plus jamais revenir dormir à l'ombre de ce pommier grincheux.

L'après-midi, une petite fée s'égare dans le verger du pommier grincheux. Elle sort tout juste de table et, voyant l'arbre magnifique, n'est pas longue à céder aux appels délicieux d'une sieste digestive. Elle se couche paisiblement à l'ombre de l'arbre et s'endort rapidement. Mais bientôt elle ronfle, elle ronfle, elle ronfle! Comme seules savent ronfler les petites fées. Si fort que le pommier grogne, dérangé par ces ronflements. Il laisse alors tomber une pomme sur la tête de la dormeuse angélique qui se réveille en sursaut. Surprise, mais comprenant vite ce qui se passe, elle se lève d'un seul bond et s'en va en jurant de ne plus jamais revenir dormir à l'ombre de ce pommier grincheux.

Le soir, une fée amoureuse, se promenant dans les environs, aperçoit le pommier majestueux. Elle trouve l'endroit charmant. Voilà pourquoi, elle s'approche innocemment de l'arbre, elle se laisse glisser le long de son tronc et elle s'abandonne bien vite à ses rêveries amoureuses. Mais bien malgré elle, la voilà plongée dans un sommeil profond peuplé de doux songes. Et elle ronfle, elle ronfle, elle ronfle… Comme seules savent ronfler les fées amoureuses. Si fort que le pommier grogne encore et encore, dérangé par ces ronflements tonitruants. Il laisse alors tomber une pomme sur la tête de la fée qui se réveille, cueillie dans ses voluptueuses rêveries. Elle se redresse, se lève et reprend sa promenade en jurant de ne plus jamais revenir dormir à l'ombre de ce pommier grincheux.

Alors, le pommier reste seul dans son verger. Et personne ne ramasse les pommes tombées par terre. Les pommes pourrissent et le printemps venu, leurs petites graines deviennent de petites pousses, puis rapidement de jeunes pommiers, heureux d'être là dans ce verger.

Le korrigan, la petite fée et la fée amoureuse reviennent alors. Ils sont heureux de s'allonger à l'ombre de ces pommiers rieurs. Et à peine sont-ils endormis qu'ils ronflent comme des bienheureux sans même les déranger. Pendant ce temps, du haut de sa majesté et de sa mauvaise humeur, le pommier grincheux reste seul. Encore plus seul qu'avant. Et encore plus malheureux. Car en plus de supporter les ronflements des dormeurs, personne ne lui rend plus jamais visite. Voilà ce que c'est de grogner tout le temps !

LE GÂTEAU AU CRAPAUD

ELLE, C'EST LA FÉE CUISINIÈRE. Elle cuisine du lever au coucher du soleil. Elle réussit tout. Absolument tout ce qui lui passe par la tête. Les mille-feuilles au millepertuis. Le potage de chanterelles et de châtaignes grillées. Le sorbet glacé à la menthe sauvage et aux pépites de noisettes. On vient de loin pour simplement la regarder cuisiner, glaner des conseils avisés ou lui demander le mets qu'on ne trouve nulle part ailleurs. Qu'on soit fée, ogre, géant ou korrigan…

Le lundi donc, un korrigan arrive à la Roche-aux-Fées. Il s'arrête devant la fée cuisinière, lève sa grosse tête grimaçante et lui demande tout de go :

— Fée cuisinière, as-tu du gâteau au crapaud ?

La fée fronce les sourcils et répond aussitôt :

— Mais je ne suis pas une sorcière, mon petit ami. Je ne cuisine pas le crapaud.

Alors, le korrigan tourne les talons et disparaît aussi vite qu'il était apparu.

Le lendemain, c'est-à-dire le mardi, si je ne me trompe pas, un deuxième korrigan arrive à la Roche-aux-Fées. Il s'arrête devant la fée cuisinière, lève sa grosse tête grimaçante et lui demande tout de go :

— Fée cuisinière, as-tu du gâteau au crapaud ?

La fée fronce les sourcils, se penche vers le petit bonhomme et répond aussitôt :

— Je croyais avoir dit à votre ami que je n'étais pas une sorcière. Et qu'en conséquence de quoi, je ne cuisinais pas le crapaud. Si cela vous intéresse, j'ai sous la main du cake d'amour ou de la confiture de sourires, mais pas de gâteau au crapaud !

Alors, le korrigan tourne les talons et disparaît aussi vite qu'il était apparu.

Le lendemain, nous voilà déjà le mercredi, un troisième korrigan arrive à la Roche-aux-Fées. Il s'arrête devant la fée cuisinière, lève sa grosse tête grimaçante et lui demande tout de go :

— Fée cuisinière, as-tu du gâteau au crapaud ?

La fée devient rouge de colère. Pourtant, ce n'est pas son genre de s'énerver pour un rien. Elle saisit le korrigan par les oreilles et lui souffle dans les bronches :

— Je ne suis toujours pas une sorcière. Rien n'a changé depuis hier. Je n'ai par conséquent ni gâteau au crapaud, ni tarte aux pattes de mille-pattes, ni soufflet de serpent qui siffle sur nos têtes. Je n'ai rien de tout cela, c'est compris ?

Dès qu'elle le repose à terre, le korrigan tourne les talons et disparaît aussi vite qu'il était apparu.

Le jeudi puis le vendredi, un quatrième puis un cinquième korrigan arrivent à la Roche-aux-Fées, s'arrêtent devant la fée cuisinière, lèvent leurs grosses têtes grimaçantes et lui demandent tout de go :

— Fée cuisinière, as-tu du gâteau au crapaud ?

Inutile de vous dire quelle est sa réponse, vous la connaissez.

Pourtant le samedi, elle réfléchit. Pourquoi ne pas tenter l'expérience du gâteau au crapaud après tout ! Cela ferait plaisir aux korrigans. Et puis, ce n'est peut-être pas si mauvais que ça en a l'air au premier abord.

Elle tourne longtemps autour de la Roche-aux-Fées avant de trouver un pauvre crapaud tout moche qui passait par-là, de retour d'un bal pas costumé. Il est vrai qu'il n'a pas besoin de s'enlaidir plus. Elle le jette dans une jatte avec de la farine, des œufs, du sucre et je ne sais trop quoi encore. Elle mélange le tout avant de mettre la pâte dans un moule qu'elle enfourne une bonne demi-heure.

Le dimanche, comme l'avait prévu la fée cuisinière, les cinq korrigans de la semaine arrivent à la Roche-aux-Fées. Ils s'arrêtent devant elle. Ils lèvent leurs grosses têtes grimaçantes et lui demandent tous ensemble :

— Fée cuisinière, as-tu du gâteau au crapaud ?

La fée cuisinière les regarde avec un joli sourire et leur répond en montrant son magnifique dessert :

— Mais bien sûr, voilà un gâteau au crapaud. Il est pour vous, j'espère qu'il vous plaira !

Et vous savez ce que ces facétieux korrigans répondent, vous le savez ?!

— Beurk, c'est pas bon le gâteau au crapaud !

Ils tournent les talons et disparaissent aussi vite qu'ils étaient apparus en laissant derrière eux leur bruyant et horrible ricanement.

— Ah, ah, ah, ah !…

QUAND LES FÉES CHASSENT LES KORRIGANS

AUJOURD'HUI, si la Roche-aux-Fées porte encore ce nom, ce n'est pas le fruit du hasard. C'est bien parce qu'un jour, les fées sont parvenues à chasser les korrigans qui s'y étaient installés.

En ce temps-là, les fées vivaient heureuses, en harmonie totale avec la nature. Il faut dire que Dame Nature n'épargnait pas sa peine pour satisfaire nos fées. Elle leur offrait tous ses bienfaits. Fruits et plantes sauvages. Racines et baies sucrées. Un vrai paradis. Voilà pourquoi chaque jour, les fées fêtaient leur bienfaitrice. Du matin jusqu'au soir, elles dansaient et chantaient sans se soucier du lendemain. Elles avaient bien raison, tant que cela durait.

Mais un jour, une bande de korrigans arriva dans la contrée en quête d'un hospice. Ils ne trouvèrent pas mieux que de choisir la Roche-aux-Fées pour s'y installer. Inutile de dire que nos fées virent cette intrusion d'un mauvais œil. D'autant plus que les malicieux cornus vivaient à l'envers des fées. Le jour, ils ronflaient dans des terriers abandonnés, tandis que la nuit, ils envahissaient le dolmen pour se livrer à d'infernales cérémonies.

Ils dansaient de folles farandoles entre les pierres du monument en chantant de leurs voix discordantes :

« *Dansons, chantons, dansons, chantons, du crépuscule à l'aube claire. Mais ce que nous défaisons, hélas ! il nous faut le refaire…* »

Les fées ne trouvaient plus le sommeil et dès qu'elles se hasardaient à la moindre remarque, le korrigan incriminé partait d'un rire strident. Il se moquait de la fée comme de sa première chemise. Alors, l'affreux remue-ménage durait encore et encore.

Pire. Une nuit, un petit diable de korrigan tenta de soulever une grosse pierre du dolmen. Et il y parvint ! Dès lors, en plus de leurs interminables rondes, les korrigans déplaçaient joyeusement les pierres du monument. Ainsi, les édifices les plus loufoques naissaient de leur imagination aussi fertile qu'elle était tordue.

Les pauvres fées partaient le plus loin possible pour ne pas voir leur demeure réduite à un vulgaire jeu de cubes géants. Et le tapage était tel, les pierres semblaient terriblement bouleversées, secouées, traînées à hue et à dia, qu'elles s'attendaient à les retrouver le lendemain matin éparpillés aux quatre coins du pays.

Eh bien, pas du tout ! Lorsque le soleil dissipait la brume du petit matin, chaque pierre avait repris sa place habituelle. La Roche-aux-Fées avait retrouvé sa majesté naturelle.

Désolées de ne plus pouvoir dormir en paix et d'être en quelque sorte chassées de chez elles, les fées consultèrent Tarah, la vieille fée. Elles lui exposèrent la situation en détail. Tarah écouta et réfléchit longtemps. Finalement, elle demanda aux fées :

— N'avez-vous pas entendu le chant des korrigans ?

— Nous l'avons entendu, mais nous n'y avons pas porté plus d'attention que cela, répondirent les fées.

Néanmoins, une fée leva le doigt et dit qu'elle connaissait bien la chanson pour se l'être souvent chanté à elle-même. Puis elle la fredonna :

« *Dansons, chantons, dansons, chantons, du crépuscule à l'aube claire. Mais ce que nous défaisons, hélas ! il nous faut le refaire…* »

— C'est exactement ce qu'elle raconte, dit Tarah.

Puis elle leva la tête pour examiner le soleil qui descendait vers le ruisseau de Ricordel, au milieu des nuages rouges comme la braise.

— Cela est bien, prononça-t-elle. Il y aura du vent cette nuit, profitons-en. Chaque soir, les korrigans entrent dans la Roche-aux-Fées par le grand portique. Vous y suspendrez un sac de feuilles mortes dont l'ouverture sera nouée par une corde. Vous laisserez traîner la corde jusqu'au sol, de sorte que vos korrigans se prennent les pieds dedans, ce qui déclenchera immanquablement l'ouverture du sac.

Les instructions de la vieille fée furent suivies de point en point.

À la nuit tombée, le vent soufflait fort. Les premiers korrigans s'approchaient. Ils entraient dans la Roche-aux-Fées en ne portant attention ni à la corde ni au sac suspendu. Puis soudain, un korrigan plus pressé que les autres se prit les pieds dans la corde. Cela dénoua le nœud du sac qui se vida. Toutes les feuilles mortes furent aussitôt emportées par le vent. Un sinistre concert de glapissements suivit la chute des feuilles et leur envol éperdu. Il y eut des galopades, des bonds, de la confusion dans les bois, dans les champs et sur les chemins environnants. Puis le bruit s'éloigna, s'amoindrit, s'éteignit. Au petit matin, il ne restait plus aucun korrigan dans les environs.

Comme ils le chantent dans leur ritournelle, les korrigans sont obligés, de par leur nature, de remettre en place ce qu'ils ont dérangé. Ils ont dû courir après les feuilles mortes pour toutes les ramasser, jusqu'à la dernière. Mais, ils n'y sont point parvenus et la honte les a empêchés de revenir à la Roche-aux-Fées.

On raconte qu'ils ne sont pas allés très loin. Ils se sont arrêtés à la pierre de Richebourg et y sont restés. Depuis, ils sont devenus très bon voisins avec les fées. D'ailleurs, il n'est pas rare, les nuits de pleine lune, de voir les fées et les korrigans danser et chanter ensemble. Mais cela est une autre histoire…

LA FÉE SAGESSE ET LA CUILLÈRE EN BOIS

La maison de Madeleine n'est pas très grande. Un peu à l'écart du village, elle est entourée d'un joli jardin fleuri. Madeleine y vit avec ses parents et ses frères jumeaux qui viennent de naître. Lorsqu'elle ne va pas à l'école, elle emmène sa vache paître dans un pré d'alentour. Puis elle reste là à rêvasser des journées entières. Mais, elle est heureuse de retrouver sa famille à l'approche de la nuit. Une famille aimante malgré les difficultés.

Sa maman s'occupe du jardin mais, depuis qu'ils sont nés, ses deux petits garçons lui prennent tout son temps. Son papa est tisserand et il coud du lever jusqu'au coucher du soleil. Parfois même, il continue très tard pour finir son ouvrage, éclairé par une simple bougie. Malgré un travail acharné, il a bien du mal à joindre les deux bouts. Cinq bouches à nourrir, c'est trop pour ce que rapporte son travail.

Ce dimanche soir, lorsque Madeleine rentre du champ avec sa vache, ses parents l'accueillent tristement. Le métier de tisserand est décidément bien ingrat. On passe des heures sur un ouvrage pour un salaire de misère. Alors, lorsque la semaine s'achève, il ne reste plus pour le repas qu'un quignon de pain à tremper dans le lait. Et demain, comment fera-t-on pour payer le loyer au propriétaire de la maison ? Les parents de Madeleine sont inquiets, car ils n'ont plus un sou vaillant.

Madeleine a le cœur gros lorsqu'elle se couche. Elle voudrait tant aider ses parents. Ce soir-là, elle sombre dans un sommeil peuplé de cauchemars : elle voit ses parents, les pieds et les poings liés, se noyant dans une mer houleuse. Madeleine leur tend la main, mais à chaque fois qu'elle est sur le point de les sortir de l'eau, une vague les entraîne vers le large.

Elle se réveille, alors que le jour n'est pas encore levé. Les problèmes de ses parents continuent de tourbillonner dans sa tête. Lorsqu'elle se lève, sa décision est prise. Elle rejoint ses parents dans la cuisine, s'assoit devant son bol de lait chaud et leur déclare :

— Je suis désormais assez grande pour travailler. Je vais quitter la maison et chercher du travail. Lorsque je reviendrai, j'aurai assez d'argent pour payer le loyer de notre maison.

Elle prend son sac et se dirige vers la porte. Sa maman pleure. Son père baisse les yeux. Ils voudraient tant la garder auprès d'eux. Elle est encore jeune pour parcourir le vaste monde. Elle qui n'est jamais allée plus loin que le village voisin. Pourtant, ils la laissent partir, non sans lui avoir prodigué mille conseils. Sa maman lui donne même une livre de beurre moulée avec le lait de leur vache.

Madeleine marche longtemps. Son chemin est peuplé de gens à qui elle pose toujours la même question :

— Auriez-vous du travail pour moi ?

Le meunier qu'elle croise lui répond en chantonnant :

— Madeleine, Madeleine, tu es bien trop petite, Madeleine, brin de laine, rentre chez toi bien vite.

Pourtant, pris de pitié, il lui donne un petit sac de farine. Madeleine le remercie et continue sa route, car elle ne rentrera pas chez elle avant d'avoir trouvé du travail.

Plus loin, elle rencontre la fermière à qui elle pose la même question. La femme lui répond en fredonnant :

— Madeleine, Madeleine, tu es bien trop petite, Madeleine, brin de laine, rentre chez toi bien vite.

Pourtant, prise de pitié, elle lui donne une demi-douzaine d'œufs frais. Madeleine la remercie avant de reprendre sa route.

Plus loin encore, elle rencontre le boulanger à qui elle pose toujours la même question. L'homme replet la regarde de haut en souriant. Il lui chante :

— Madeleine, Madeleine, tu es bien trop petite,
Madeleine, brin de laine, rentre chez toi bien vite.

Pourtant, pris de pitié, il lui donne un petit paquet de levure à émietter.

La journée est bien avancée lorsqu'elle rencontre le colporteur. Cet homme qui voyage dans tout le pays en vendant mille et une merveilles, de l'étoffe précieuse à la casserole en cuivre, et qui ragote village après village les nouvelles du pays comme celle du hameau voisin. Madeleine lui demande s'il n'a pas de travail pour elle. Le colporteur lui répond en chantant :

— Madeleine, Madeleine, tu es bien trop petite, Madeleine, brin de laine, épargne donc ta peine, Madeleine, Madeleine, tu es bien trop petite, Madeleine, brin de laine, rentre chez toi bien vite.

Pourtant, pris de pitié, il lui donne un paquet de sucre qu'il a saisi dans sa carriole.

Madeleine repart. Ses pieds lui font mal. Elle a beaucoup marché. À l'horizon, le soleil rougit et la lune monte dans le ciel. Où est sa maison, où sont ses parents et ses deux petits frères ? Fatiguée, désespérée, elle se laisse tomber au pied d'un arbre et s'endort aussitôt.

La fraîcheur du petit matin vient cueillir Madeleine dans son sommeil. Ses paupières sont encore lourdes lorsqu'elle se réveille. Une bonne odeur lui chatouille le nez. À ses pieds, un bol de chocolat chaud, des tartines de confiture de framboises, un grand verre de jus de pomme et des fruits de toutes les formes et de toutes les couleurs. Elle prend un fruit dans le creux de sa main. Un citron. Elle le sent, le caresse et le fait rouler dans ses paumes. Elle connaît ce fruit, elle l'a vu dans un livre, mais elle ne connaît pas sa saveur acidulée. Pourtant, plutôt que de le goûter, elle le glisse dans son sac comme un précieux trésor.

Lorsqu'elle lève les yeux, elle voit une charmante jeune femme qui la regarde :

— Que fais-tu ainsi toute seule à la Roche-aux-Fées au pied de cet arbre. Tes parents t'auraient-ils abandonnée ?

Madeleine raconte son histoire. Sa vie heureuse dans sa famille. Ses parents pauvres. Son départ pour trouver du travail et les aider à payer le loyer de leur maison. Ses rencontres… Avant de demander à la jeune femme :

— Et vous, qui êtes-vous ?

— Je suis la fée Sagesse, lui répond-elle.

— Ma maman m'a souvent parlé de vous. Si vous êtes vraiment la fée Sagesse, vous pouvez m'aider ! dit Madeleine.

— Que sais-tu faire ? demande-t-elle en riant.

— Je sais lire, je sais écrire, je sais compter, je sais chanter…

— Et sais-tu cuisiner ? demande la fée.

— Oui, un peu. Ma maman m'a appris, répond Madeleine.

— Eh bien ! suis-moi, dit la fée en lui prenant la main.

Madeleine se laisse conduire jusqu'à la Roche-aux-Fées. La fée frappe trois coups sur une pierre qui s'entrouvre aussitôt. Elles descendent un grand escalier sombre avant d'entrer dans une pièce pleine de lumière. La fée Sagesse lui dit alors :

— Nous voilà chez moi. Maintenant Madeleine, je vais te faire un cadeau. Tu vas devoir choisir entre ces deux objets : ce bel éventail rouge et cette simple cuillère en bois. Dis-moi avec lequel tu désires repartir. Ce qui est important, c'est de choisir avec sagesse.

Puis la fée Sagesse chantonne une petite chanson :

— *L'éventail, il est à toi, oui, oui, oui. Choisiras, choisiras pas, oui, oui, oui. Choisiras, choisiras pas, ce sera ton choix. La cuillère, elle est à toi, oui, oui, oui. Choisiras, choisiras pas, oui, oui, oui. Choisiras, choisiras pas, ce sera ton choix. Alors oui, fais le bon choix, oui, oui, oui. Choisiras, choisiras pas, oui, oui, oui. Choisiras, choisiras pas, ce sera ton choix.*

Madeleine a fait son choix :

— Puisque vous me permettez de choisir, je prends la cuillère en bois. Je suis pauvre et l'éventail ne me serait d'aucune utilité.

— Bravo, dit la fée. Tu as choisi sagement. Emporte la cuillère, garde-la jusqu'à ce qu'elle te porte bonheur, et sache qu'avec elle tu réussiras tous les plats que tu prépareras, qu'il s'agisse d'un gâteau à la rhubarbe, d'une soupe de pissenlit ou d'un ragoût de ragondin.

— Cette cuillère doit être magique, réplique Madeleine.

— Tu as tout compris, répond malicieusement la fée.

La fée Sagesse embrasse Madeleine sur les deux joues, puis la raccompagne en lui souhaitant bonne chance. Madeleine glisse la cuillère dans son sac avant de reprendre sa route, heureuse de ce coup du destin et confiante en l'avenir.

Elle marche longtemps. Soudain, une jolie musique vient troubler la quiétude de cette belle journée. Elle n'est pas longue avant d'apercevoir un palais merveilleux. Le palais du roi Gourmet. Un roi qui passe sa vie à festoyer et à déguster les meilleures nourritures qui soient. On dit qu'il gouverne avec une fourchette dans une main et un couteau dans l'autre. Un roi pacifique aimé de tous ses sujets. Madeleine s'approche. Au travers

des vitres colorées, elle entrevoit des courtisans attablés, tandis que d'autres tournoient au son de la musique. Elle avance jusqu'au grand portail, puis elle frappe de grands coups à la gigantesque porte. Un garde se penche au-dessus des créneaux de la tour de garde et lui demande :

— Qui es-tu et que désires-tu jeune fille ?

— Je suis Madeleine la marmitonne et je souhaite parler au cuisinier du palais, répond-elle.

— Je vais voir s'il accepte de te parler, rétorque le garde.

Le garde disparaît un long moment. Soudain, un gros homme à la figure rougeaude apparaît en haut de la tour.

— Monsieur le chef, demande-t-elle, voulez-vous m'employer ?

— À quoi es-tu bonne, jeune fille ? dit-il en riant.

— À ce que vous voudrez, réplique Madeleine avec aplomb.

— Eh bien entre ! le Roi attend sa soupe. Tu trouveras du bouillon, des herbes et des légumes. Si ta soupe est bonne, tu resteras à mon service. Sinon, tu seras chassée à grands coups de pied dans les fesses !

Le pont-levis s'abaisse.

Madeleine entre dans le palais en suivant le cuisinier jusqu'à son antre.

Elle met aussitôt sa cuillère magique à l'œuvre. Les légumes et les herbes se mélangent admirablement dans le chaudron en dégageant un fumet appétissant.

Quelques instants plus tard, elle déclare :

— C'est prêt !

On s'empresse de servir la soupe de Madeleine au roi Gourmet. C'est un succès. Il ordonne qu'on lui prépare de pareille soupe chaque jour. Le cuisinier n'a pas d'autre choix que d'engager Madeleine.

Elle a enfin trouvé un travail. Ses parents seront fiers d'elle lorsqu'ils l'apprendront. Elle écrira pour leur annoncer la nouvelle.

Les semaines passent et Madeleine est heureuse au palais. Anatole, le fils du cuisinier, est devenu son ami. Ils occupent leur temps libre à courir aux quatre coins du palais. Un terrain de jeux magnifique pour qui aime s'inventer des histoires merveilleuses.

Pourtant, un grand malheur vient ébranler la petite vie tranquille du palais. Le roi Gourmet n'a plus goût à rien. Ni pour les affaires de son royaume ni pour celles de sa cuisine. On décide alors de réunir un conseil des ministres autour du roi. Que faire pour lui redonner goût à la vie?

On a fermé la grande salle du trône à double tour. Les ministres se tiennent la tête et réfléchissent aux solutions à envisager. Soudain, le ministre de la guerre lève le doigt et déclare:

— Voilà trop longtemps que nous sommes en paix avec le royaume voisin. Nous pourrions provoquer une horrible guerre et sortir tous nos canons et toutes nos machines meurtrières. Cela vous redonnerait, oh notre bon Roi, le goût à la vie!

Le ministre du palais salue la prestation de son collègue et propose aussitôt:

— Plutôt qu'une bonne guerre, ce qui vous redonnerait goût à la vie, ce serait un nouveau palais, plus spacieux et plus confortable. Chaque porte aurait des poignées en or et chaque salle de bains posséderait sa piscine chauffée…

Le ministre de la chasse l'arrête en le félicitant mollement et enchaîne :

— Mais ce qui vous serait le plus bénéfique et le moins coûteux serait sans nul doute une chasse royale. Nous massacrerions plus de cerfs et de biches qu'il n'ait été donné d'en massacrer à l'occasion de n'importe quelle chasse royale.

C'est alors qu'Anatole surgit de l'ombre pour prendre la parole :

— Notre bon roi n'a besoin ni de guerre, ni de nouveau palais, ni de chasse. Pour recouvrer l'appétit, il doit découvrir de nouvelles saveurs. Ce qu'il mange chaque jour est très bon. Je le sais, c'est mon papa le cuisinier. Mais avouez que c'est toujours la même chose : lundi, rôti d'aurochs farci au foie gras avec ses châtaignes au miel. Mardi, carré d'agneau parfumé à la violette sur son lit de noisettes et d'amandes grillées. Mercredi, hachis d'aiguillettes de canard laqué à la purée de topinambours. Et ainsi de suite... Organisez donc un grand concours de gâteaux dans tout le royaume. Et dans un mois, donnez rendez-vous aux concurrents. Chacun viendra vous faire goûter son dessert. Il s'en trouvera certainement un qui lui redonnera goût à la vie.

Le roi trouve l'idée fort bonne. On annonce la nouvelle dans tout le royaume. Et dès lors, dans chaque maison, on se met au fourneau. Les enfants, les parents comme les grands-parents. Une odeur incroyable de gâteaux envahit le royaume.

Et le jour J arrive. On se presse aux portes du palais. Les gâteaux sont tous plus appétissants les uns que les autres. On a rivalisé d'audace pour rendre chaque pâtisserie la plus belle qui soit. Crèmes multicolores, fioritures caramélisées aux formes incroyables, coulis de fraises surmontés de Chantilly, montagnes de pépites au chocolat, dessins tracés en sucre glace… Tout est bon pour attiser la gourmandise.

Silencieux, le roi attend, assis sur son trône. La longue file s'avance. La dégustation peut commencer. Mais à mesure qu'il goûte, la figure du roi devient de plus en plus sombre. Rien ne le satisfait ! La journée est sur le point de s'achever lorsqu'on annonce le dernier gâteau. Peine perdue.

Soudain, on entend des bruits derrière la porte. Le roi demande ce qui se passe. Anatole surgit et dit au roi qu'il reste encore le gâteau de Madeleine à déguster. Malheureusement les gardes lui refusent l'entrée, car son gâteau leur semble trop petit pour lui être présenté. Alors le roi dit :

— Au point où j'en suis ! Va chercher Madeleine, Anatole.

Madeleine s'approche alors. Tout le monde retient son souffle. Elle porte un plateau sur lequel est posé un drôle de gâteau. Elle le présente au roi qui le sent. Un large sourire s'affiche sur ce visage resté si longtemps triste. Il prend délicatement le gâteau entre son pouce et son index, le regarde avec curiosité, puis le déguste avec application.

— Ce gâteau a comme un goût d'enfance. Un goût d'innocence, de bonheur retrouvé. Il me rappelle les goûters avec ma maman Léonie. Elle en trempait de semblable dans le thé et m'en donnait de petits bouts. C'était merveilleux ! Comment as-tu réalisé ce prodige, jeune fille ?

— Avec tout ce que les gens m'ont offert lorsque je n'avais rien : le beurre de ma maman, la farine du meunier, les œufs de la fermière, la levure du boulanger, le sucre du colporteur et… et le citron de la fée Sagesse. J'ai tout mélangé avec la cuillère en bois de la fée et j'ai mis à cuire. Voilà, c'est tout ! explique Madeleine.

— Mais, dis-moi, comment s'appelle cette merveille ?

— Je ne sais pas, je ne lui ai pas donné de nom.

— Eh bien moi, je sais comment il s'appelle, affirme le roi. La Madeleine. Dorénavant, ce sera l'emblème de notre royaume. Il s'affichera sur tous nos drapeaux.

La recette se propage à la vitesse de l'éclair dans tout le royaume et désormais tout le monde connaît le prénom de la jeune cuisinière.

Madeleine demande pourtant à quitter le palais pour revenir auprès de sa famille. Elle doit tenir la promesse qu'elle leur a faite.

Avant de partir, le roi lui donne une bourse remplie de pièces d'or.

Sur le chemin de retour, elle rencontre à nouveau la fée Sagesse qui lui dit :

— Te voilà riche à présent ! Rends-moi la cuillère, tu n'en as plus besoin et sois heureuse !

Madeleine reprend son chemin, allant toujours plus vite, et voilà son village… et la maison de son enfance. Elle court, elle ouvre la porte et se précipite dans les bras de ses parents en criant :

— Me voilà !

Elle dépose la bourse sur la table en déclarant :

— Nous avons assez d'argent pour acheter notre maison maintenant. Nous n'aurons plus de propriétaire qui nous réclamera sans cesse un loyer.

Depuis, il ne manque plus de pain ni pour les parents ni pour Madeleine et ses frères jumeaux. Désormais, le papa de Madeleine tisse les vêtements du roi, tandis que sa maman fabrique le beurre pour les madeleines royales.

On raconte que, lorsqu'elle fut devenue une jeune femme, le roi Gourmet célébra le mariage de Madeleine avec Anatole. Un mariage heureux avec plein de petits marmitons qui adoraient les gâteaux de leur maman.

On raconte aussi que le jour de leur mariage, la fée Sagesse est venue en personne avec un cadeau. Vous savez lequel ? Un magnifique éventail rouge !

TABLE DES MATIÈRES

LES CONTES DE PLUME LA FÉE

FÉES ET AUTRES KORRIGANS TAPAGEURS

Imprimé en Allemagne en novembre 2020
par CPI Firmin-Didot (27650 Mesnil-sur-l'Estrée).
Dépôt légal : 3e trimestre 2016.